六畳のえる
イラスト
柚沙夏ゆう
ゆるふ
は
枕で変わる
yuru fuwa senpai wa
makura de kawaru

「静かにね」
かわいいゆるふわ（？）な先輩と
1つ同じ布団の中で……。

SHIRABE
軌道確保
履かない命
スリップスリッパ

回って放って
ローリングドール
HIIRO
脳内俯瞰
ガーデ
知りすぎた男
セカンドサイト
SOUTO

Hiiro Kosou
古桑緋色
HiIRO

これが、浴衣の魅力……っ！

Yukiha Akari

灯雪葉

Shirabe Yunoeda

湯之枝調

contents

ゆるふわ先輩は枕で変わる

六畳のえる

MF文庫J

口絵・本文イラスト●柚沙夏ゆう

お話の枕（プロローグ）

「灰島(はいじま)君、この中に入って」

「は、はい」

　僕が慌てて布団に潜ると、雪葉(ゆきは)さんも同じ布団に体を滑り込ませた。触れるか触れないかギリギリの距離で、彼女と一緒の布団に入っている。

　外の足音が聞こえなくなった。

「静かにね」

　耳元で囁(ささや)かれた瞬間、体を寄せたせいで彼女の手が僕の腕に触れる。

「雪葉さん、大丈夫です。僕、暗くてもちゃんと見えるし、聞こえますから」

「うん……うん、灰島君は『知りすぎた男』だもんね」

　これは、普通の高校生の僕に起こった、ちょっとだけ変ですごくアツい、アオハルの話。

第一投　温泉部、かと思いきや

「誰もいない……早く来すぎたな……」

校門から入ったものの、校内に生徒の姿はまったく見えない。でも、家でエンジ色の制服のジャケットを着たらすぐに登校したくなってしまって、待っていられなかった。

今日、私立掛戸(かけと)高校の入学式を迎える僕、灰島爽斗(はいじまそうと)は、それくらい気合いが漲(みなぎ)っていた。

中学までは、ここから電車で三十分、さらに車で三十分かかる、山沿いのド田舎に住んでいた。祖父母と母親がやっている小さな温泉旅館の一人息子として時折手伝っていたものの、近くに高校がないので、父親の仕事の都合に乗っかって二人で一緒に街に来た、というわけ。

引っ越してきたこの街には、中学時代は二、三ヶ月(かげつ)に一度遊びに来ていた。そりゃあ東京に比べたらイマイチかもしれないけど、僕からしたらなんでも揃(そろ)う魔法の楽園。この楽園にある高校への入学なんて、考えただけで興奮する。

友達と放課後にカフェやファミレスにも行きたいし、雑貨屋だって一緒に覗(のぞ)いてみたい。映画館だって週末に簡単に行けちゃう距離だ。あとは部活なんてのもいいな。中学は各学年で十数人しかいなかったから、チームスポーツもできなかった。運動部の練習で渇いた喉を学校の水道で潤す。そして、雑貨屋や映画館に行くのは友達や部活仲間じゃなくてもいい。好きな人を思い切って誘ってみたり、いつしかお互いの気持ちが通じ合ってカップルとしてデートしたり……最高じゃない？

そう、僕はつまり、キラッキラでとびっきりの青春をしてみたいんだ！

「散歩して時間でも潰すか……ん？」

校門から当てもなく西に向かって歩いていると、駐車場の方に一人の女子の先輩を見つけた。髪はかなり明るめの栗毛色で、肩くらいまでのウェーブのかかったセミロング。右のおでこの上くらいから、ちょこんと白い髪の束が触角のように跳ねているのが印象的だ。いわゆる「アホ毛」というヤツだろう。僕と同じ、エンジ色のジャケットの首元に、二年生の証である赤白ストライプのネクタイをつけている。身長は女性としてはやや高め、百六十ちょっとくらいかな。

少し視線を下に向けてジーッと目の前の木を見ている彼女の顔は、びっくりするくらい綺麗。優しそうな目にツンとした高い鼻、鮮やかなピンク色の唇。その全てのバランスが取れていて、うちの高校の制服コスをしているモデルだと言われても信じてしまいそう。

つい目を奪われてしまい、引力が発生しているかのように彼女と距離が縮まる。しかし、彼女にあと七、八歩まで迫ったとき、足を止めた。

ギリギリ聞き取れるような小さい声で、何か囁いてる。

「この声、聞こえるかなあ？」

…………なんだ？　僕に言ってるのか？

「この声、聞こえるかなあ？」

「……あ、はい」

僕が返事をすると、彼女はそのまま、駐車場の隣にちょこんとある池を指差した。ときどき水面が揺れて、少し大きめの鯉が顔を出している。

そして、また小声で囁く。

「池の前に置いてあるキーホルダー、そこから動かずに何の動物か答えられたら、部活のマル秘情報を教えてあげるね」

部活のマル秘情報？　なんだなんだ、怪しい話かな。

彼女が言っている池の方を見ると、確かに池の手前の石に、何か置かれてる。

ううん、あれがキーホルダーか、ホントにちっちゃいぞ。こっからだと、なんとか見えるくらいだな……あの白い背中に黒い足、少し長めの象みたいな鼻からすると……。

「池の前に置いてあるキーホルダー、そこから動かずに何の動物か答えられたら、部活のマル秘情報を——」

「あ、あの、バクじゃないですか？」

　遮ってそう言うと、先輩はこっちを向いて微笑む。

「ねえ君、名前教えてくれる？」

「あ、灰島爽斗です」

「灰島君、ね。うんうん、良い名前だねえ」

　囁き声じゃない普通の声も優しいなあ。話し方もおっとりしてて、美人な見た目とのギャップがいいなあ。

　そんなことを思っていると、彼女は「おめでとう！」と胸の前で小さく拍手してから、僕の肩をポンッと叩いた。

「灰島君、正解だよ、よく分かったね！　じゃあ、部活のマル秘情報、教えるねえ」

　誰もいない周りを一応チラチラ見回して、彼女は僕に顔を近づけた。

　うっわ、ホントに綺麗な人だ。ぱっちり二重の奥で輝く緑色の瞳で見つめられると、思わず目を逸らしてしまいそうになる。こんな至近距離で笑顔を見せられたら、鼓動が加速しすぎて心臓の音が漏れちゃいそうだよ……っ！

「あのね、来週の部活紹介には出ないんだけど、私、温泉部の部員なんだあ」

　さっきと同じくらいの小さなボリュームで話してくれる。

「……温泉部？　温泉って……あの温泉ですか？　旅館にある大きなお風呂の？」

「うん、そうなの。温泉のある旅館とかホテルに泊まりに行く部活なんだよ」

み、みんなで温泉だって！　こ、こ、こんな綺麗な人と温泉に行けるのか！

「今、私含めて女子三人、男子一人の部員がいるんだけどね。部費の都合上、一年生の募集は一人だけってことにしたんだ」

女子三人と温泉だって！　ホントですか、ホントなんですか、名も知らぬお姉さん！

浴衣！　みんなでトランプ！　枕投げ！　朝まで恋バナ！

「その一人を……僕に……？」

「うん、もちろん強制するつもりはないから、じっくり考え――」

「入ります！」

即答。そりゃそうでしょう、即答ですよ。

ええ、入りますよ！　部活に、っていうか温泉に！　女子と温泉に！

「えへへ、そっか。入ってくれて嬉しいよ、ありがと！」

そう、待ってたんだよ！　僕はこういうのを待ってたんだ！

部活に汗を流すのもいい、放課後に教室で語らうのもいい。でも、休日みんなで温泉に行って、ハプニングだらけのお泊まり旅行をするなんて、今言った二つが霞んで見えるくらい、とってもとってもキラキラしてるじゃないか！

しかも、浴衣の女子と！　みんなで眠くなって、同じ部屋で寝ちゃったりして！

「あの、ホントに良い情報教えてくれてありがとうございます！　えっと……先輩、名前は……」

「え、私？」

昇降口に向かおうとしていた彼女は、僕の質問に振り返り、にっこりと微笑む。

「灯。灯雪葉だよ。ふふっ、よろしくね」

見目麗しい彼女の柔らかい笑顔を見たこの時、きっと僕は一目惚れしていたんだと思う。

「じゃあ、行こっか。他のみんなにも、灰島君のこと連れていくって連絡してあるから」

入学式後の南校舎。灯さんに部室に案内してもらえることになった。

「あの、ちなみに、温泉部って顧問の先生もいるんですか？」

「ああ、顧問の先生は基本いないと思っていいよ。たまに活動報告するくらいだからね」

そっか、それはそれで残念。見回りの先生が急に来て、事故で女子と布団に隠れる展開は期待できないか。でもまあ、先生がいない方が自由にアレコレできたりするかも……！

「そういえば灯先輩」

「あっ、雪葉でいいよ。照れくさいから、先輩も付けないで大丈夫だからねえ」

振り向いて微笑みながら言う。名前呼びなんて、嬉しいような気恥ずかしいような。

「じゃあ雪葉さん。訊いてみたかったんですけど、なんでバクを当てた人を部員にしようと思ったんですか？」

「んー？　うん、まあ色々あって、目や耳のいい人が欲しかったんだあ。だから、ちょっと分かりづらい動物が良いかなと思ってね」

確かに質問自体もすごく小声で囁いてたな。でも、目と耳が良いって温泉に関係あるのかな？　あ、あれか、山間の温泉に行って、温泉入る前にワイワイはしゃぎながら動物観察したりするのかな。何その平和でハッピーなイベント！

「着いた、ここだよ」

南校舎の三階、一番西側の奥。ドアに何の貼り紙もない部屋が、温泉部の部室らしい。

「遅くなってごめんね。連れてきたよ！」

雪葉さんが引き戸をガラガラと引く。そこで目の前に広がったのは、部室というより、うちの旅館を思い出すような光景だった。

部室の真ん中には大きい机があって、それを囲むように座布団がついた椅子が並ぶ。部室の奥、窓の近くには水道付きのシンクが備え付けてあり、明らかに普通の教室とは違っていた。シンクの右側には電気ポットが、左側には急須と食器カゴが置かれている。カゴの中には菓子皿と湯呑み茶碗、湯呑みを置くあのお皿みたいなのは茶托とか言ったっけ。

ううん、さすが温泉部だけあるな……。

「灰島君、紹介するね。三年生で部長の湯之枝調さんだよ」

部室の中にいたのは二人。雪葉さんが奥に座っていた女子の先輩を呼ぶと、足早に僕の前まで来てくれた。艶やかな黒髪ロングストレートは腰上まで伸びていて、右の前髪をピンで留めている。

「温泉部部長の湯之枝だ。灰島、よろしくな。調と呼んでくれて構わないぞ」

「あ、はい……灰島爽斗です。調さん、よろしくお願いします」

イヤにカッコいい口調の調さんに、やや緊張しながら挨拶する。雪葉さんより少し背の高い彼女は、なんでも相談に乗ってくれそうなキリッとした凛々しい目で、大人びていて端整な顔立ちだった。雪葉さんとはちょっとタイプの違う美人。雪葉さんは「高校生らしい等身大の綺麗」って感じだけど、調さんは大学生でも通りそうだ。

「それにしても、この部室を見ても案外驚かないもんだな」

「あ、いや……うち、実家が温泉旅館やってて。六部屋くらいの本当に小さいところなんですけど……」

その瞬間、調さんと雪葉さんはぱあっと明るい表情に変わる。

「温泉旅館！　じゃあ灰島は手伝ったりしてたのか？　浴衣にも慣れてたりするのか？」

「ええ、まあ……」

僕に気付かれないようにしているのか、調さんは胸の前で小さくガッツポーズをした。まさか浴衣を着慣れてることでこんなに喜ばれるなんて。でも好印象ってことだよな！

「もう一人来る予定だから、全員集合したらワタシから温泉旅行について話すぞ。あと、これから挨拶するヤツの質問には気を付けた方がいい」

「質問、ですか？」

「噂の爽斗だな！」

調さんが答える代わりにニコニコしながら立ち上がって返事をしたのは、黒縁の丸メガネをかけた、糸目の男子だった。

「爽斗、よろしくな。温泉部二年の時雲玲司。俺も名前呼びでいいぞ！」

僕の手を握り、ブンブンと握手をしてくる、軽くパーマを当てた茶髪の先輩。僕よりも十センチは高いかな？　ってことは百八十くらいあるのか。

「玲司さん、よろしくお願いします！」

「いやあ、俺も実験で一回やってみたんだけどさ、雪の声、何言ってるか全然聞こえなかったわ。キーホルダーもあの距離じゃ何か置いてあるってくらいしか分からなかったし」

「そうそう、すごいよねえ」

感心したように相槌を打つ雪葉さん。雪って呼んでるの、部活仲間らしくていいなあ。

「爽斗は目も耳も良いんだな」

「あ、中学まで姉子倉の方にいたんで、田舎暮らしのせいですかね。掛戸に入るタイミングでこっちに引っ越してきたんです」

「なるほど、あの辺り、山ばっかりだもんな！　視力も聴力もそこで鍛えられたのか」

姉子倉町は、ここと同じ県を名乗るには烏滸がましいほどの田舎。

でもって僕の家はその中でもさらに田舎、スマホの電波もイマイチ。鹿の目撃情報も多数で、小学校の頃から近くの山で鬼ごっこをしたり川で魚を捕ったりして遊んでいた。あの頃はあの頃で楽しかったなあ。

「ところで爽斗、話は変わるけど」

「はい」

「お前は調先輩の足に何を這わせたい？」

「はい？」

話変わりすぎでは？

「だから、調先輩の足にどんな物を這わせて楽しみたいかって聞いたんだよ。刷毛でジャムを塗りたい、みたいなパターンもあるよな」

「いや、そんな一般常識の体で言われても」

ただの変態だこの人！

「ちなみに俺はサーモンを這わせたい。足首から太ももにかけて、S字カーブを繰り返すように箸で動かすのが良いよな」

「同意求めないで下さい！」

ド変態だ！　自分が言うのもなんだけど、相当不純な動機で入部したんじゃないか、この人。

「ふははっ！　時雲、相変わらずの妄想だな」

「灰島君、玲司君の妄想に付き合ってると伝染っちゃうから気をつけてねえ」

「こら、雪！　爽斗にヘンなこと吹き込むな！」

調さんと雪葉さんに言われて、玲司さんがツッコむ。

雪葉さんの落ち着いた優しい声、おっとりとした話し方、やっぱり好きだな。そしてこの人と温泉旅館に……卓球とかやって汗ばんだりするのかな……ああ、温泉は日本の宝だよホント……。

「灯、古桑はどうした？」

部室の隅に鞄を置きながら、調さんが雪葉さんに聞く。

「緋色ちゃんですか？　まだ来てないですけど……」

「あ、桑なら遅れるって言ってましたよ」

そういえば女子部員は三人いるって言ってたな。残り一人のことか。

そんな僕の考えを察してか、部長の調さんがこっちを向いて説明してくれた。

「もう一人、古桑緋色ってのがいるんだ」

「カッコいい名前ですね！」

なんか由緒正しい家っぽい名前だなあ！　緋色って名前がまた味わい深い。

「まあ、本人はそんなにカッコいいもんでもないけどな。なあ、灯？」

「ふふっ、そうですね、緋色ちゃんはどっちかって言うとマスコットみたいな感じだなあ」

茶托に湯呑み茶碗を載せて、お茶を淹れながら雪葉さんが返事をする。

「そうなんですか？　でも名前がすっごく、こう、温泉部にピッタリというか、日本的というか、そんな感じで――」

「ゆーのさん、あかりん、くもっち、遅れてごめん！　おっ、君がそーちょんか！」

初めて耳にした珍しいあだ名とドアのガラガラ音に後ろを振り向くと、自然と目線が下にいった。

かなり低い身長に、プラチナブロンドでカール少なめのショートパーマ。頭のてっぺんには、僕のペンケースくらいの大きな青色リボン。

「は、はい。灰島爽斗ですけど……」

「そうか！　ひぃは会えて嬉しいぞよ！　古桑緋色だ、よろしくぞよ！」

ピンクのラメをイメージさせるようなロリっ気たっぷりの声で話しながら、小さい手で精一杯握手する。

……全然イメージと違う！　一つも由緒正しさがない！　語尾だけ異常に古風だけど！

「な、爽斗。桑ってマスコットみたいだろ？」

「……そうですね、うん、小さいし」

玲司さんに返事をした僕に、ムキーッと怒った。

「なんだとーっ！　小さい小さいって言っておくけど、ひぃはこれでも、ギリギリ百四十センチあるんだからな！　小さい小さいってバカにしてもらっちゃ困るぞよ！」

百四十センチ……僕と三十センチも違うのか。

「なんか、緋色さん小動物みたいで可愛いですね」

「なっ……！」

赤くなる緋色さん。おおっ、名が体を表した。

「バ、バカにするな！　可愛くなんかないぞよ！」

自分の胸のあたりに手を構え、ポカポカと殴ってくる。彼女にとっての胸なので、僕にとってはお腹くらいの位置。そして言葉では反抗してるものの、表情はちょっと嬉しそう。幼可愛いってヤツだな。

「全員揃ったな。じゃあお茶にしよう」

「お茶、回していってねえ」

雪葉さんが急須で淹れたお茶を、調さんが手早く隣に回していく。冷静に考えると部活中にお茶淹れて飲むってすごいな。

「ゆーのさん！　今日はひぃの家から、かりんとうを持ってきたぞよ！」

ポットの隣にあった菓子皿に、袋からザザーッとあける。甘い匂いに混ざって、少しピリッとした香りが鼻をさした。

「これ、生姜みたいな匂いがしますね。練り込んであるのかな」

「おお、そーちょんスゴいな君は、鼻も利くのか！」

「ねっ、すごいでしょ。私が見つけた逸材だよ」

雪葉さんの嬉しそうな声を聞きながら、みんなでお茶を啜っていると、調さんが「よし、灰島」と呼びかけた。

「改めて入部おめでとう。歓迎会も兼ねて、一度温泉に行こうと思う。今週の土日は空いてるか？」

……え、もう旅行に行けるの？

「はい、今のところ空いてますけど」

「おう、ステキじゃないか！　じゃあ明後日から、今シーズン一回目の温泉旅行だ！」

こ、こんな簡単に、女子との温泉ライフが実現するなんて！

――そう、この時の僕は、何も分かっていなかったのだ。この部活が「温泉部」ですらないことも……。

そしてあっという間の旅行当日。

「うあー、天国だ。玲司（れいじ）さん、天国ですよ！」

「そうだな。あーホントに天国だ。気持ちいいぞー！」

家のお風呂じゃ絶対できない、体を伸ばしきった姿勢でお湯に溶ける。

電車に揺られること一時間。宿泊先の「ホテル雅（みやび）」、その最上階である五階の大浴場。

内湯とサウナのエリアを抜けて露天風呂につかり、幸せを満喫した。

「ところで爽斗（そうと）。良（い）いことを教えてあげよう」

笑顔のまま頷（うなず）く玲司さん。旅館に着いたタイミングでメガネをコンタクトに変えているので、優しく、そして賢そうな目がしっかり見える。この人、こうしてると普通にイケメンなんだよな。

「三人の浴衣姿はなかなかスゴいぞ」

「で、ですよね！　僕、ちょっと考えただけでドキドキしちゃいます！」

なんだ、玲司さんもまともな男子の感性あるじゃないか。

「あの浴衣姿はね、見てるとカニ味噌（みそ）をべっちゃべちゃに塗りたくりたい衝動に駆られるよ。特に桑（くわ）の体はね」

「そんな衝動はおかしいです」

一瞬でも信じた自分を恥じつつ、露天風呂を出た。

「あれ、玲司さん、なんかその浴衣、部屋にあったものと違ってませんか？」

脱衣所に戻って体を拭きながら、彼の持っている濃紺に迷路のような模様の描かれた浴衣を見る。僕が手元に持っているのは、波模様の白っぽい浴衣だ。

「ああ、温泉部だからな。みんなマイ浴衣を持ってるんだ。ほら、この白足袋もな」

「えっ、それ自前なんですか！」

黒色の帯を巻き、茶羽織を着てドライヤーを当てていると、並んだ玲司さんが髪を丁寧にタオルで拭き始める。浴衣の縁が黒くなっているのも、制服のジャケットみたいなエンジ色の帯もカッコいい。背が高いから余計に似合って見える。

「オーダーで結構な値段するからな、爽斗はしばらく旅館の浴衣でいいぞ。女子もみんな、自分で柄や帯を選んでるんだ」

「いいなあ、僕もいつか買ってみたいです。自分の浴衣って愛着湧きそう！」

玲司さんの耳寄り情報に相槌を打ちながら、スリッパでペタペタと暖簾をくぐった。

「あ、灰島君」

「そーちょん、良いお湯だったな！」

「あっ！　どうも……」

雪葉さんと緋色さんの声に体を向け、あまりの衝撃に思わず言葉を失う。

「どうした？　灰島」

「いえ、なんでもないです……」

調さんの質問に言葉を濁す。

この三人……いつもより何倍も素敵に見える！　これが、これが、浴衣の魅力……っ！

調さんは、グレーの龍の柄が入ったカッコいい黒の浴衣に赤の帯。濡れたロングヘアがとてもセクシーなのも高ポイントだ。

緋色さん、この人、着やせするタイプだったのか……。あの低身長からは想像できないほどのバストが、彼女のキャラがよく分かる真っ赤な法被のような浴衣の胸元から覗いている。驚くほど丈が短い膝上浴衣の子どもっぽさとプロポーションのギャップが……。

そして何より雪葉さん。調さんよりもっと細い、スレンダーという言葉がピッタリの脚が、大きな花をあしらった薄紫の綺麗な浴衣から見えていた。色白のせいで、他の人より余計に体が火照っているのが分かる。

反則だ！　この三人は存在自体がセクハラ、いや、ハラスメントではないからセクシャルだ！　温泉っていいものですね！　温泉って素晴らしいものですね！

「すみません、調先輩。遅くなりました」

タオルを首にかけた玲司さんが来ると、みんなが階段の方へ振り向く。調さんや雪葉さんの髪が、ふわりと揺れる。

「ああ、いや、ワタシたちも今あがったところだ。よし、部屋に戻ろう」

戻る途中、小声で玲司（れいじ）さんが囁（ささや）いた。

「な、スゴいだろ？」

「はい、みんなスゴいです……」

体が熱いのは、きっと温泉のせいだけじゃない。

玲司さんと二人で寝る和室、三〇三の部屋に戻ってからは、雪葉（ゆきは）さんたち三人が隣の三〇四から遊びに来てくれて、五人で大はしゃぎ。早くも今が高校生活のピークなんじゃないかと思うくらいの楽しさ。

安く済ませるため、素泊まりにしてスーパーで買ったご飯とお菓子。でもそれでも全然構わない。

クイズ番組を見て、ババ抜きをして、七並べをやって。温泉旅館で、浴衣の女子とゲームしてお喋（しゃべ）り。思い描いた通りの、いやそれ以上のキラキラ青春ロード。

しかも、女子三人がババ抜きで僕の手札を引こうとする度、七並べで手札を出そうとする度、テーブルのクッキーを取ろうとする度、毎回浴衣の胸元と足元を風が通り抜け、絶妙な空間が生まれる。これが女子の肌、麗しい肌！　危うく色々見えそうになるじゃないですか！　なんだこの楽園は！

何度でも言おうじゃないか。青春バンザイ！　全国の高校生の皆さん、さあどうぞ、遠慮なく僕を羨ましがってくれ！


気が付けば二十三時。夜食のスナックをつまんで話してるうちに夜も更けた。

そろそろ寝る準備でもするのかなあと考えていると、不意に調さんが口を開く。

「……灰島、実はお前に謝らなきゃいけないことがある」

「へ？　あ、はい、何でしょう？」

すると調さんは、いきなり土下座した。

「え？　え、あの、調さん？」

「実は……この部活は温泉部ではない。枕投げ部なんだ！」

僕のキラキラ青春ロードは、おかしな方向に寄り道を始めたらしい。


「……枕投げ部？」

「ああ。今日は他校との練習試合でこの旅館に来たんだ。もちろん、旅館に来て温泉に入るってのは嘘じゃない。これから何度も温泉旅行はする。ただ、その目的は枕投げなんだ。それを聞いて入部を躊躇しないように、温泉部と嘘をついてお前を捕まえるようにワタシがみんなにも指示したんだ。本当にすまない！」

言葉の勢いそのまま、また土下座する調さん。雪葉さんも立ったまま、申し訳なさそうに静かに頭を下げている。

「もしできるなら、枕投げを一緒にやってくれないか！」

謝っている調さんを見ている僕の頭の中は、正直なところ全く迷っていなかった。

うん、楽しそうじゃないか。別に温泉旅行には行けるわけだし、問題ない。みんなで枕投げなんて修学旅行以来だし、他校の人と大騒ぎするなんて面白そう。それに、女子も混ざってみんな浴衣で枕投げするなんて。捲れる浴衣、広がる夢……やってみたい！

「え……あ、はい、別にいいですけど」

「本当に……入ってくれるのか？」

もうすっかり乾いた髪を揺らして、正座していた調さんが上目がちに僕を見たので、自分の胸をドンと叩いて見せる。

「灰島爽斗、改めて今日から、枕投げ部として頑張ります。よろしくお願いします！」

「そうか、ありがとうな、灰島！」

「いよっ、そーちょん、よく言った！」

みんなの拍手に迎えられながら、調さんと握手。ほんの少し漂っていた緊迫感は、三〇三の部屋から逃げていった。

「灰島君、騙すみたいな形になっちゃってごめんね」

　飲み物を買いに部屋を出て自販機に行った帰りに、雪葉さんと鉢合わせする。どうやら、僕に謝るために外に出てくれたらしい。

「私も迷ったんだけど、やっぱり部員が欲しかったんだあ」

「いえいえ、全然気にしてないですよ。ホントに楽しそうなんで！」

「うん、すっごく楽しいから」

　白い触角のような毛を揺らしながら、にへへと笑う雪葉さん。うん、この人と一緒なら、何をしても楽しいだろうな。

「灰島君、なんでキーホルダーがバクだったか、これでちゃんと分かったでしょ？」

「え……？　あ、夢を食べる、眠る、で枕ってことですか？」

「そうなの、だいぶ遠いけどね」

　彼女は手を口に当ててクスクスと笑う。

「当てにくそうで枕に関するもの探してたら、たまたま近くのお店で動物のキーホルダー売ってて、買ってきたんだあ」

　なるほど、それであんな珍しい動物を選んだのか。

「温泉、気持ちよかったよねえ」

「ですね、僕あと二時間は入ってられます」

「私もずっと入ってられるなあ」

雪葉さんが温泉に入る姿を想像してしまい、ジュースで冷えたはずの体がまた熱を持つ。

「あっ、爽斗君、なんか変な想像してたでしょー？」

「い、いえ、してませんって！」

僕たちはほんの僅かな、でも二人っきりの青春をしながら、部屋に戻った。

「じゃあ灰島。早速、今日の練習試合にも出てもらうからな。もう少ししたら相手の雛森高校がここに挨拶に来る」

「分かりました」

雛森はこの町の近くの高校で、雛森の枕投げ部の部長、駒栗美湖さんが調さんの旧友なのだと、雪葉さんがお菓子の袋を片付けながら説明してくれた。

「よし、ではワタシたちも準備を開始しよう。これより作戦会議を始める！」

おお、なんか本格的！　時間内に当たった回数とかで勝負するのかな？　あるいはドッジボール的な感じ？　まあとりあえずガンガン投げて、めいっぱい楽しむぞ！

「さて、狩りの時間ね」

……………ん？　随分トーンの低い今の声は……雪葉さん？　狩り？

彼女の方を見ると、部屋にあった枕を手に持った雪葉さんの目つきが変わっている。おっとりした印象は皆無で、恐ろしく冷徹な目。

雪葉さんだけじゃない。調さん、緋色さん、玲司さんも、今までとは違う、獲物を狙うようなギンッとした鋭い目に変わっていた。

「これが今回のフィールドです」

大きくコピーされた館内の見取り図を机に広げる玲司さん。

「時雲、トランシーバーの中継器はどこに置いた？」

「四階の休憩スペース近くにあるゴミ箱の後ろに一つ。あと一つは一階の厨房付近、食器を運ぶ用のワゴンの裏にガムテープで留めました」

調さんの質問に、ペンで差しながら確認する玲司さん。

「分かった。灯、お前は始めは灰島と一緒に行動してくれ。余裕を見て、灰島に大まかなルールの説明を頼む」

「分かりました」

ポツリと呟くように雪葉さんが返事をする。その声色に、温度はない。

「古桑、お前は序盤動き回って何人か仕留めてほしい」

「了解であります！」

「ワタシはしばらくは最上階の五階にいる。あとは状況を見て動くことにするよ。狩れそうなヤツがいたら少し狩っておく」

あ、あれ……僕が知ってる枕投げと、ちょっと違うぞ……？

「灯、主戦場は決めたか？」

「一階の第一宴会場、『山茶花』にしようと思います。下見してきましたが、スペース的にもここがベストですね」

「だろうな。古桑、時雲、厄介な相手がいたら、うまく山茶花に誘導してくれ」

「了解です。雪、俺に任せろ」

「ええ、頼むわ。こっちに来たら私がしっかり消す」

顔は存分に笑顔のまま、ヘンな汗が頬を伝う。

え、枕投げってアレでしょ？　誰かがテキトーに枕投げたらみんなが投げ出して、「おい、やめろよ」とか言ってるヤツも自分が当たると「テメーやったな！」とか言ってバカ騒ぎが大きくなって、最終的に先生に止められる、アレでしょ？

「あの、調さん……みんなさっきと雰囲気違いませんか？　特に雪葉さんとか……」

「ああ、全員試合モードだ。灯はまあ、枕持つと性格が変わるタイプってやつだな」

「枕を持つと……？」

車のハンドルを握ると性格が変わる、とか聞いたことあるけど、まさか枕で同じことが起こるなんて。

動揺しっぱなしの中で、入口のドアをノックする音が聞こえた。

「お、敵さんが来たようだな」

調さんが障子の引き戸を開けて踏込に向かい、ドアを開ける。そのまましばらくすると、六人のメンバーが入ってきた。全員が青っぽい浴衣に茶色の帯。隣の雪葉さんが「他の学校は全員統一のユニフォームなの」と教えてくれる。確かに、うちのチームが個性が強すぎる。

「皆さん、お久しぶりですね」

メンバーの先頭、茶髪ミディアムの女子が、会釈しながら口を開く。身長は百七十近く、足もすらっと長い。

「お久しぶりです、美湖さん。相変わらずモデルみたいに綺麗ですね」

「あらあら時雲君、相変わらずお上手ですね」

軽く握った手を口に当てて笑う。ううん、口調といい仕草といい、典型的すぎるお嬢様。この人が三年生の駒栗美湖さんか。

「ミーコ、時間通りに始められそうか？」

「ええ、シーラ。大丈夫ですよ」

調さんが美湖さんの肩を叩く。ミーコにシーラ、幼馴染っぽい呼び方だな。

「今回は練習試合ということで、私は参加しません。二年生と入ったばっかりの一年生に参戦してもらいます。大将は本間さんにやってもらいますね」

美湖さんが五人のメンバーを紹介してくれた。

まずは二年生の二人。ツインテールの本間さんと、スポーツ刈りの古賀さん。

そして一年生の三人。がっしりした体格の西原君、ワックスで無造作ヘアにしている永田君、青い髪の鷺原さん。

それに続いて調さんが僕ら四人を紹介する。

「こっちは新人は一人だけだ。一年の灰島爽斗」

「よ、よろしくお願いします」

「ふふ、よろしくお願いします。全力で潰しに来てくださいね」

何なの、何が始まるのこれから。

「ではシーラ、二十四時ちょうどに開始で」

「よろしくな」

全員で対戦メンバーと握手を交わし、美湖さんたちは部屋を出て行った。

「ゆーのさん、枕持ってきたぞよ！」

雛森と同じタイミングで部屋を出て行った緋色さんが、隣の女子部屋から白い枕を五個持ってきた。こっちの部屋のものと併せて計十個の枕が集まる。

調さんは、左手に包帯を巻き、右手の甲の部分を覆う黒いプロテクターのようなものを付けた。右耳にだけ、雷を模したイヤリング。龍柄の浴衣も相俟って、ザ・中二病の様相を呈している。「なんでそんなもの付けてるんだ」という僕の疑問を視線で察したのか、彼女は「こういうのがあったほうがカッコイイだろう？」と得意げな表情を浮かべた。

「古桑（こそう）、ワタシが苦手なタイプのヤツがいたらお前に任せるかもしれない」

「任せてください、息の根止めます」

「緋色（ひいろ）ちゃん、無理しないでね。一年生はすぐ狩れると思うけど」

「雪（ゆき）も頼むぞ。調（しらべ）さんには二年生の相手に専念してほしいからな」

「大丈夫よ、玲司（れいじ）君。刺し違えてでも仕留めるわ」

フフッと口元だけ笑いながら話す四人。あの、なんでみんな怖いことばっかり言ってるんですか？　誰か死ぬんですか？

「今回の枕はポリエステルだ。飛距離が長いから、遠目からでもガンガン狙っていくぞ」

「はい！」

二年生三人の返事が響く。あの、早く枕投げませんか？

「じゃあ準備だ。各自、時雲（ときぐも）からシーバーとイヤホンをもらえ。灰島（はいじま）、スマホは使用禁止だから置いていけよ」

「は、はい……」

ねえ、なんで？　なんで枕投げにトランシーバーが必要なの、ねえ？

「私たちのには胸元に内ポケットをつけてるんだけど、この旅館の浴衣にはどこかにポケットが……ついてないか。じゃあ灰島君、トランシーバーは帯に挟んでおいて。あと、部室にあった未使用の足袋持ってきたから使って。履き方は分かる？」

「あ、はい、旅館で履いてたんで……」

玲司さんからトランシーバーとイヤホンを、雪葉さんから足袋をそれぞれ受け取った。

「爽斗、イヤホンは片耳だけにしておけ。他の情報が拾えなくなる」

「わ、分かりました」

調さんはトランシーバーを持ちながら、玲司さんの方を向いた。

「時雲、チャンネルとグループはいくつだ？」

「チャンネルは8、グループは6でお願いします。雪、爽斗のシーバー合わせてやってくれるか」

「うん。灰島君、ちょっと貸してね」

「は、はい」

雪葉さんが、トランシーバーのボタンをカチカチ押して設定してくれた。

【チェックチェック。こちら玲司。聞こえますか、どうぞ】

「みんな、時雲の声は聞こえたか？」

右耳のイヤホンから玲司さんの声が流れる。調さんの確認に、全員が軽く頷いた。

「よし、円陣組むぞ。灰島、お前も手を出せ」

漫画で見るような、みんなで手を真ん中に出して重ねる円陣ポーズに慌てて参加する。

「枕に風を！　枕に牙を！　掛戸、ファイトーッ！」

「オーッ！」

調さんの掛け声に呼応して、全員で叫んで手を高く上げる。僕も戸惑いながら、手だけ動かした。

「よし、散るぞ！　時雲、指示を頼む！」

「任せて下さい、調先輩！」

「緋色ちゃん、危なくなったら敵を一階まで誘導して」

「おういえ！　あかりんも気をつけてね！」

緋色さんとグーをぶつけ合った雪葉さんが、僕の方を振り向き、指でちょいちょいと前を指差した。

「灰島君、行くわよ。スリッパは履かないで、足袋のまま出てね」

「え、あの、どこに行くんですか？」

「とりあえず隠れるわ」

耳にイヤホン、胴にトランシーバー、下は足袋。

全員が両手に、二つの枕。

アブナい格好で、アブナい五人が部屋を飛び出した。

「灰島君、一旦ここに隠れるわよ」

三階の端っこ。植え込みが並んでいる、その後ろ側に座り込む。足袋の裏にボッボッした滑り止めが付いているので、滑ることなく走ってくることができた。

もうきっとフロントにも誰も立っていない、日付が変わる十分前。館内も自動販売機を含めて完全消灯で、非常口の緑色の明かり以外は茫洋たる黒色。

「すぐ飛び出せるように、お尻はつかないでね」

「わ、分かりました」

両手に持っていた枕を床に置き、彼女は小さく息を吐いた。その表情は、一緒に七並べをやってきたときとはまるで違う。

「いよいよ始まるわね」

「……あの、雪葉さん、若干混乱してるんですけど、あの、これ、何ですか……？」

「え？　枕投げよ。修学旅行のときにやったりしなかった？」

「こんな枕投げはしてないですよ！」

やっと言えたよ、このツッコミ！

「そっか。あれは部屋で枕投げるだけのライトタイプだもんね」

そうです。少なくともトランシーバーは使ったことないです。

「あのね、この競技は、湯之枝先輩や駒栗さんがサバイバルゲームの要素も取り入れて作ったんだって」

「オリジナルなんですか……」

まくら投げ大会の公式ルールとかもあるみたいだけど、それとは別らしい。

「で、雪葉さん。僕ルールが良くわかってないんですけど、とりあえず投げまくればいいんですか？」

「あのね、灰島君。これはそんな簡単な競技じゃないの」

分かりきったことを、というように溜息を漏らす雪葉さん。いつもなら「ふふっ、簡単な競技じゃないんだよねえ」なんて言いそうなものなのに。

「今回はオーソドックスな大将戦だから、勝利条件は敵の本間さんに枕を当てること。こっちは、湯之枝さんが当たったら負け」

「一回でも当たったらですか！」

厳しいルールだなあ。

「当然、私たちも当たったらアウト。部屋に戻って、行動不能扱いよ」

「行動不能、ですか？」

「うん。当たったら死んだってことだもの」

ライトタイプの枕投げで絶対聞かない言葉をさらっと言われる。

「雪葉さん、枕ってキャッチしてもいいんですか？」

「灰島君さ……」

雪葉さんが僕の肩に手を置き、思わずドキッとしてしまう。

「枕投げ部の世界では、枕と銃弾は同義だよ」

何かヘンな世界に来ちゃったなあ！

「枕を避けるのは大丈夫、キャッチはアウト。跳枕に当たってもアウトね」

「なんですか、チョウチンって？」

「跳ねるに枕って書いて跳枕。跳弾と一緒よ、壁に当たった枕に決まってるじゃない」

「決まってますかね」

枕を「ちん」って読む文化に慣れてないんです、僕。

「ああ、でも壁じゃなくて地面にバウンドしたものは跳枕とは看做さず当たり判定はないわよ」

「なるほど。でも、当たり判定って誰がするんですか？　審判とかいないんですよね？」

「自己申告ね、そこは相手を信じるしかないわ。この競技は、お互いの信頼と性善説で成り立ってるから」

栗毛色の髪をなびかせて頷く。ちょっと雪葉さんのキャラの変貌っぷりに付いていけてないけど、浴衣姿の彼女と深夜に二人並んで座っていることで、なんとも言えないドキドキが襲ってきた。

「あ、灰島君、トランシーバーの使い方は分かる？」

興奮で盛り上がっていた僕の頭を、雪葉さんの声が冷ます。

「はい、大体は。このボタン押して喋ればいいんですよね？」

さっき雪葉さんが触っていたボタンの近くに、通話と書かれたボタンがあった。

「そう、割と高性能だから、小声でもバッチリ拾うよ。みんなの声は勝手に入ってくるからね。あと、名前呼ばれたら、生きるか死ぬかの瀬戸際じゃない限りは返事して」

「そんなケースあります？」

枕投げで今際の際ってどういうケースですか。

「あと、応援に来てほしいとか移動指示とか出るから、ちゃんと聞いておいてね」

「分かりました。なんかカッコいいですね！」

「ね、私もこの競技カッコよくて好きよ。だから全力でやってるの」

なるほど、全力でやってるから、枕を持つと人が変わるのか。いやいや、それにしても変わりすぎでは……。

「灰島君、他に質問はある？」

「えっと……雛森高校は部員が多いみたいでしたけど、試合は五人対五人なんですか？」

「そう、五人よ。うちは湯之枝さんの代にもう一人いたんだけど、三月に親の都合で海外に行っちゃってね。雛森みたいに二チームできるくらい部員いれば別チームとして試合できるけど、もし部員六人とかになっちゃったら毎回一人参加できなくなっちゃうでしょ？だから今年は一人だけ入れることにしたの」

そっか、それで新入部員が僕だけなのか。

「じゃあ、あとは試合やりながら覚えていってね」

枕をグッと握る雪葉さん。それに応えるように、イヤホンから調さんの声が聞こえる。

【こちら湯之枝。そろそろだ、気合い入れていくぞ】

その途端、彼女はウェーブした髪を後ろに払い、口元だけ、微かに微笑んだ。

「さて……見つけたら必殺。一人も生かしておかないわ」

……………怖っ！

【二十四時、開戦だ】

調さんの声が低く、右耳に響く。

人生初体験、ヘビーなタイプの枕投げが開戦した。

開戦したけど、ちっとも騒がしくならない。耳に鳴り響くのは、静けさだけ。

「もっと騒ぎながら攻撃するものだと思ってました」

「ああ、ううん、違うの」

小声で雪葉(ゆきは)さんに話しかけると、返事をするために僕の耳元に口を寄せてきた。

うおお！　なんてステキなシチュエーション！　もっと遠くても聞こえるけど！　だって僕、聴力で入部認められたんだし！　でもいいです、うん、やっぱりそのくらい寄せてくれないと聞こえないです！

「騒ぐなんてしないわ。この戦いは『マナー遵守の安全な戦争』を目指してるから。だから宿泊客に怒られた人や、危険なプレイをした人はアウトよ。まあそうは言っても、無許可でやったらさすがに怒られるから、事前に許可は取ってるみたいだけどね」

知り合いの関係か何かで顧問の先生がこういうホテルに顔が利くらしいわよ、と雪葉さんは地面を指差す。確かに、夜中に廊下で騒いでたら迷惑になるしな。どんな風に説明して許可とってるのか気になるけど……。

「雪葉さん、僕たちから攻めたりはしないんですか？」

「うん、こっちから行くこともある。この態勢だと、強襲受けたら一溜(ひとた)まりもないし。ただ、闇雲に歩き回っても、潜んでる敵に攻撃を受けやすい。一長一短ね」

隠密(おんみつ)行動が基本ってことか。このあたりもサバゲーっぽいな。

「この戦争では敵を見つけることが一番大事。そのために灰島(はいじま)君の目や耳が役に立つの」

それでああいう入部テストだったのか。あと、ちょいちょい戦争って入れるの、クセなんですか？

「そろそろ誰かから連絡が来るかもね」

雪葉さんの予言通り、不意にイヤホンがブッブッとノイズを吐き出した。

【こちら四階、ひぃぞよ。そーちょん、早速キミの力が必要だ！】

どうやら緋色さんが僕を頼ってくれているようだ。

【こちら灯。灰島君、私と一緒にいるから、四階まで連れていくわ。始まったばっかりだから、この近くに敵の気配はないしね】

雪葉さんはそう応答すると、「行きましょう」と言って忍び足で近くの階段を上がっていく。僕は慌ててその後ろを付いていった。

一つ上の四階を少し歩いたところにあった、通路途中の休憩スペース。テーブルと椅子が幾つか置かれ、新聞のラックには今日の各紙が並んでいる。その一番奥の椅子の裏側に、緋色さんが座っていた。

「連れてきたわ」

「あかりん、ありがと！」

「ううん、じゃあ私は主戦場に行くわね。緋色ちゃん、生きてまた会いましょう」

「うん、あかりんも死なないで」

緋色さんの挨拶を受けて、雪葉さんは微笑み、ゆっくりと階段を下りていった。

どうしたの？　枕投げなのに今生の別れなの？

「さて、そーちょん、こっちだよ」

「は、はい」

案内されるがままに椅子の後ろに隠れると、背もたれからスペースを覗き込む緋色さん。

「さっき、誰かがいた気がしたんだよね。だから、ここで相手が来るのを待つのだ。そして、討つ！」

正拳突きのように拳を突き出す緋色さん。でも拳ではなく、つい揺れた体に目がいってしまう。座ってる分、胸の膨らみがはっきり分かる。どうしよう、戦ってるうちに浴衣がはだけていったりしたら……おおお、むしろちょっと敵を応援したくなる！

「そーちょん、一旦イヤホンは外していいよ」

「あ、え、は、すみません」

危ない、完全に意識がダメな方へと持っていかれていた。

「何かあればひぃが伝える。まずは足音を探ってほしいぞよ」

「分かりました」

外に軽く吹く風の音、自動販売機が呻く声が館内を包む。おそらく、この旅館の精一杯の静寂。目を瞑って、何も聞き漏らさないように音を拾っていく。

そこから二、三分が経った、その時だった。

トンッ

……あれ？　この音……おそらく…………

「まあ相手がこの階にいるとは限らな――」

「シッ！」

遮って、もう一度耳をすませる。

トンッ　トンッ

微（かす）かに、でも確かに、床を踏む音がする。発信源はおそらく、一番近い階段の下方向。

「います ね。下の階から上がってきてます」

できるだけ声を絞って、隣で枕を撫（な）でている緋色さんに伝える。

「ホント？　そんなことまで分かるんだ、スゴいぞよ」

さっきよりも小さい声で話しながら、緋色さんはトランシーバーの通話ボタンを押す。

同時に僕に、イヤホンをつけて、と手でサイン。片方だけイヤホンを嵌（は）め直す。

【こちら緋色ぞよ。くもっち、四階に一人来る】

【わかった。桑（くわ）、そいつの相手は任せる】

【ラジャー】

小声での報告を終えて、僕の方を向く。イヤホンの中では引き続き、調（しらべ）さんや雪葉（ゆきは）さんの状況報告を受けて、玲司（れいじ）さんが指示を出していた。

まだ見ぬ敵は、ゆっくりと歩みを進めている。その足音はさっきと音が少し違う。

もう階段を上がってない、つまり五階まで行ってない。この階を、歩いている。

「この階です。近づいてきてます」

「そっか、まだひぃには聞こえないぞよ。ただ、相手も当然ここを探ってくると思う、隠れやすいしね」

そう言いながら、置いていた枕のうち一つを握る。

「そーちょん、目視で確認できる？」

「やってみます」

椅子の背もたれから、銃撃戦もかくや、ゆっくりと顔の上半分を出す。

ここから遠い非常口の明かりの気配を、辛うじて感じられる程度の暗がり。それでも、夜目が利く僕にとって、動く個体を見分けるのはそんなに難しくなかった。闇に薄く薄く白色をつけるそれは、きっと枕。

すぐに顔を引っ込めて、緋色（ひいろ）さんに向かって頷（うなず）く。緋色さんは指でオッケーマークを作ると、人差し指で自分の胸を指した。自分が相手するってことらしい。

クレッシェンドしていく、ペタッペタッという足音。それでも相当注意して足袋で歩いているに違いない。相変わらず神経を集中させてないと聞き取れる大きさではなかった。

それに、近づいてきてるということは、自分も音を立てないように気を付けないといけない。迂闊に音を立てられないという緊張感が、体を強張らせる。今枕なんか握ったら落としそうだ。

うわわわ、いざこの状況になるとかなり怖い！　見つかったら終わり、ホントに決死のかくれんぼだ。

「近い？」

「かなり」

最小限の音量、最小限の言葉のやりとり。多分、あと十数歩も歩いたら相対することになるだろう。呼吸も極力静かに、相手に気付かれないようにしなきゃ。

と、思った矢先、隣から声が漏れた。

「ようしっ……じゃあ、吹っ飛ばすかな」

ニヤッと笑う緋色さん。次の瞬間。

ガタンッ！　ビュウッ！

突然立ち上がり、僕の思考が追い付く前に枕を投げた。続いてドサッと床に枕が落ちる音がする。避けられたってことだろう。

な、何してるんですか急に！　隠れて狙撃とかじゃないんですか！

「ちぇっ、外したか。一年生？　避けるのうまいぞよ。さすがミーコさんに鍛えられただけのことはあるぞよ」

相手からの返事は聞こえない。隠れたまま、耳だけで状況を窺う。

「で、そっちからは投げないの？」

緋色さんの挑発に反応したんだろう。布が摺れる、枕を構えた音が聞こえた。

「その投げ方じゃあ、ひぃは倒せないと思うぞよ」

軽くジャンプして、近くにあったテーブルにトンッと乗る。そして、僕は椅子の裏から、映画のようなワンシーンを目に焼き付ける。

ヒュオッ！

テーブルから跳んだ緋色さんは、そのまま横の柱を蹴って後方宙返りをした。

浴衣が捲れて中が見えそうとか、そんな不埒な想像は浮かばなかった。ただただ、殺陣のように綺麗なアクションで枕を躱す緋色さんを、バカみたいに口を開けて見つめた。

回っている緋色さんの横を、枕が掠める。枕はそのまま、僕が身を隠す椅子の横にぶつかる。枕に驚いて立ち上がると、敵の顔が見えた。挨拶に来た五人の中でも、一番大きかった男子。西原君とか言ったっけ。

緋色さんがトンッとテーブルに着地した。まるで廊下で軽く跳んだかのように、何の音もしない。

西原君は緋色さんのアクロバティックな動きに戸惑いながら、二つ目の枕を構えようとしていた。

「まあ待ちなって」

プールの中でジャンプするように、フワッとテーブルを蹴って浮かぶ。

「投げ方も避け方もセンスあるぞよ。でも、まだまだひぃは狩れないね！」

高く高く飛んだ空中で、膝を抱え込むように前方宙返り。

一回転、二回転……何回転目……？

そして幾多もの回転の途中、どのタイミングで投げたのか、緋色さんの体から枕が飛び出す。遠心力が加わって猛スピードで放たれた枕は、ボフッと敵の肩に命中した。

「うしっ！」

着地してVサインする緋色さん。西原君は無言で、武道のように一礼して僕の横に落ちた枕を取って去っていった。

あまりの急な展開に立ちつくす。

………な、なんだったんだ今のは。枕投げなのに、ただの枕投げなのに、宙返りなんてするのか。

「……すごいですね、緋色さん」

「ん？　ああ、今の技？　『回って放って（ローリングドール）』ぞよ」

「名前あるんですか……」

「ゆーのさんが考えてくれたぞよ！」

独特なネーミングだな……でも確かにあの包帯を巻いている調（しらべ）さんならつけそうだ。

「一年生か。まだ試合慣れしてない感じだったからサクッと仕留められたけどね。二、三年生じゃ、あんな簡単には勝たせてくれないぞよ」

乱れた髪を直しながらさらっと言う。え、上級生だと緋色（ひいろ）さんでも苦戦するんですか。

「まあ、こういうアクションならひぃは結構得意ぞよ！」

「確かに。小さくて軽いってのが強みですね」

「小さいんじゃない、小柄なんだ！」

ガウガウと怒る。緋色さんの中では、二つの表現に大きな違いがあるらしい。

「あ、そうだそうだ」

トランシーバーを帯から取り出す。

【こちら緋色。一人倒したぞよ！　そーちょん、アイツ名前なんだっけ？】

「西原（にしはら）君です」

【そう、一年生の西原を倒した。そーちょんも無事ぞよ】

【おお、古桑（こそう）、ステキじゃないか。よくやった】

調さんに報告し終えた緋色さんが、ニンマリとこっちを見た。

「いやあ、そーちょんの耳があって良かったぞよ！」

「いえいえ。とりあえずお役に立てて良かったです」

「こういう感じで目と耳のサポートしてくれるメンバーがほしかったのさ。攻撃のメンバーは結構強いからね」

「うん、確かに、緋色さんに勝てる気はしません」

僕にはあんなアクションできそうにないからな……。

「それに、そーちょん夜目が利くのも羨ましいぞよ。ひぃは接近しないと敵がどこにいるのか分からないから」

「ううん、まあ山で遅くまで遊ぶことも多かったから、そのおかげですかね」

「なるほど、環境が人を作るんだなあ」

腕組みをしてウンウン頷（うなず）く緋色さん。

「こんな感じで戦っていくぞよ。あ、あかりんから聞いたかもしれないけど、枕は何回でも使えるよ。相手が投げた枕を自分のものとして使ってもオッケー！」

「なるほど、拾って投げるを繰り返してれば、何回でも投げられるんですね」

「そういうこと。まあ、この世界じゃコイツは銃弾と一緒の扱いなんだけど、そこだけは違うかな」

枕を見ながら落ち着いた声で話す。いや、もっと違うこといっぱいあるでしょ。形状から大きさまで。

脳内でツッコミを入れながら青リボンを揺らしてる緋色さんを見ていると、イヤホンから雪葉さんの声が聞こえた。

【こちら灯。さっき二階で敵を見かけたわ。多分、鷺原さんだと思う】

【ああ、鷺原なら俺がさっき見つけて、逃げるフリして雪のいるフロアに誘導したよ】

鷺原さんは、と……青い髪の一年生だな。

【玲司君、ありがと。別な人の気配もしたからこの階に二人くらいいるかも】

【こちら湯之枝。灯、お前一人で殺れそうか？】

【一年生なら造作もないですけど、古賀君か本間さんの応援があると危険ですね。とりあえず私は宴会場の山茶花で待機しようと思います】

調さん、今普通のトーンで「殺れる」って言いませんでしたか。どうしたんですか。なんで枕投げでその動詞が出るんですか。

【こちら玲司。俺は三階にいるんだけど、このフロアでさっき敵を目撃したから自由に動けそうにない。桑と爽斗は四階にいるよな？　ちょっと俺の方で作戦考える】

【おういえ！　くもっち、任せた】

通信を切った後、緋色さんは何も心配していない様子で僕に笑いかけた。

「とりあえず、くもっちの指示に従っておけば間違いないぞよ」

「そういえば、玲司さんは本部みたいな役割なんですか？　みんなの報告聞いて指示出ししてますけど」

味方の位置、時には敵の位置もほぼ把握して、逐一指示を出している。

「へ？　ううん、本部なんてないぞよ。くもっちはただの一般兵」

「でも僕たちの移動とか、全部記録してるんですよね？」

「ああ、記録じゃなくて記憶ぞよ」

…………へ？

「『脳内俯瞰(トイガーデン)』。くもっちの技、っていうか能力だね。味方の状況をリアルタイムで覚えていって、報告してもらった敵の情報から進路を予測して指示出しするの」

「……へ、へえ……すごいですね……」

すごいなんてもんじゃないだろ……全部記憶してるって……。何なのこの部活、超人の集まり？　大丈夫？　僕、ただちょっと人より目と耳がいいだけだけど、入部して大丈夫？

【……う……】

僕の混乱を消し去る、突然の小さな呻(うめ)き声(ごえ)。それは紛(まぎ)れもなく、雪葉さんの声だった。

【あの……灰島(はいじま)君……もし来れそうなら、ちょっと助けてもらえるかな……。暗くて、何も見えなくて……少し怖くて……】

間髪容れずに反応したのは、緋色さんだった。

【こちら緋色！　あかりん、アレが出ちゃったの？　大丈夫……？】

【ん……なんとか、ね……】

雪葉さんの声も、緋色さんの心配そうな表情も、ただごとじゃない気がした。

「緋色さん、アレってなんですか？」

若干言い淀んでいた彼女も、ごまかすのは難しいと判断したのだろう。いつもの元気さは控えめに、口を開いた。

「あかりんって、その、ちょっと暗所恐怖症みたいなところがあってさ。本人の体調とかメンタルにも拠るんだろうけど、暗いところにいると動悸がひどくなったり軽いパニックになったりすることがあるんだって。ひぃはいっつも心配してるんだ」

「な、んで……そんな……」

僕の心に芽生えた、「なんでそんな症状があるのに枕投げをやってるのか」という疑問は言葉になりきらなかった。代わりにせりあがってきたのは「なんとかしてあげたい」という真っ直ぐな気持ち。名指ししてもらったそのＳＯＳに、応えたい。

【こちら玲司。爽斗、雪の目・耳のサポートお願いできるか？】

僕が返事をするより早く、緋色さんが返答する。

【こちら緋色。くもっち、了解。今からそーちょんを一階に派遣するぞよ。ひぃはもう少

しこの階で待機する。あかりん、そーちょんはスゴいぞよ！】

【緋色ちゃん、ありがと……灰島君、宴会場、山茶花の奥にいるわ】

初めて使うトランシーバー。通話ボタンを押して、口の近くに持っていく。

【りょ、了解です】

通話を終えると、緋色さんが真顔で僕を見たまま、奥の階段を指差した。

「そーちょん、あそこの階段を使って一階まで行って。曲がり角に敵が潜んでることもあるから気をつけるぞよ。敵を見つけてから抜枕すると遅れとっちゃうから、必要なら構えておきなね」

「抜刀みたいなノリで抜枕って言われてもピンと来ないですから」

この世界では枕は刀とも同義なんですね。

「じゃあそーちょん、あかりんを助けてあげて。討たれる前に討つんだよ！」

「はい、行ってきます」

冷静に考えると怖い別れの挨拶を受けて、握手する。

階段までは二人でゆっくりと歩き、そこから僕だけ下に降りた。

「ふう……」

皆が寝静まった旅館で、小さく息を吐く。銃撃戦のシーンでよく見る、曲がり角で背をつけて銃を構えるあのポーズ。いつかやってみたいと思っていたけど、実際にやってみると怖い。死ぬほど怖い。

大丈夫なのか。相手もこの角に潜んでるんじゃないか。今は動く音はしないけど、僕がここに張り付く前からここにいたのかもしれない。

相手が急に飛び出してきたら対応できるか？　そう考えたら、先に飛び出した方がいいな。いやでも、仮に飛び出したとして、緋色さんじゃあるまいし、敵の枕を躱しながら当てるなんてできるのか。飛び出しながら闇雲に投げる？　いや、もし敵がいたら闇雲に投げるのは危険だ。当たらなかったら一気にピンチに陥る。

頭にザワザワ実る疑念を刈り取って、必死の想いで枕を構える。

行くぞ、三つ数えたら飛び出すぞ。三、二……いや、待とう。もう少し待とう。

落ち着け、落ち着け。

いや、でも敵が先に来たらどうするんだ。対応できないぞ。

やっぱり早く出なきゃ……行くぞ……行くぞ……えいっ！

角を飛び出した先には、誰もいない。

……………よ、良かった…………。

一安心しながら、忍び走りで階段を下りる。

こんな緊張と緩和の繰り返しで、なんとか一階まで来た。

【こちら五階、玲司。五〇五の部屋近くの曲がり角に相手の中継器を一つ発見、電源を切った。敵は上の階で連絡が取りづらくなるはずだ】

トランシーバーは電波の届く範囲でしか使えないけど、無線の中継器を置けば範囲を広げられるって、さっき雪葉さんが教えてくれた。中継器の電源を切るっていうのはつまり、スマホの通信会社のアンテナを折った、みたいな感じなのかな。

それにしても玲司さんホントにスゴいな。指示出しだけじゃなくて、相手の連絡を邪魔することで自分も攻撃に参加してる。情報戦のプロフェッショナルだ。

【とりあえず俺は、もう少しここで待機する。中継器を復旧させようとして五階に来た敵を狙うよ】

【くもっち、ありがと！　ひぃも四階にいるから何かあったらサポートするぜ！】

【よろしくな、桑。調先輩、五階のどこにいますか？　合流する必要ありますか？】

【今は五〇一の近くの廊下だ。合流の必要はない】

みんなの話を軽く頭に入れながら、館内図を見て厨房に向かう。なるほど、トランシーバーなら一辺に全員に情報を伝えられるし、電波の範囲が広くないのも戦いを左右するアクセントになる。確かにスマホ禁止の方が面白いな。

公衆電話が一台置かれている、少し奥まったスペースを通り過ぎて、宴会場に向かう。

何部屋か並ぶ宴会場の真ん中、「山茶花」に辿り着いた。

敵がいないことを音で確認して、静かに襖を開ける。確か、この宴会場の奥にいると言っていた。

「雪葉さん、来ましたよ」

小さい声で呼びかけながら進んでいく。さっきまでひんやりした廊下を歩いていたので、畳が温かく感じた。

いつもはきっとたくさんの机が並べられて、料理やお酒が運ばれてくるのだろう。でも今はそんな机も全て端っこに寄せられていて、広々としたただの大広間になっている。

天板をくっつける形で机が積まれたスペースまで足を運ぶ。

「あの、雪葉——」

僕が声を出すのと、微かな音を感じ取るのがほぼ同時だった。

突然、机の山の横から人影が現れ、白い枕を投げてくる。

「うわっ！」

投げた枕は僕の肩を掠め、畳にぽふっと着地した。

「あ、う……ごめん、灰島君、だったんだ」

自分の目線より少し下から聞こえた声。暗い中でも、僕の目には明るい栗毛色と白い髪、そして薄紫色の浴衣がしっかり見えていた。

「雪葉さん、大丈夫ですか？」

「う……あ、うん、ごめん、大丈夫、じゃないかも。ごめん、ごめんね」

呼吸が荒く乱れ、緑色の瞳も小刻みに揺れている。表情も不安そうで、明らかに動揺していた。

「灰島君、見える？　ちゃんと見えるの……？」

強張った顔のまま泣きそうな表情になっている雪葉さんに、そんな状況ではないと思いつつもドキッとしてしまう。普段の彼女とも、試合で急に様変わりした彼女とも違う、僕がまだ知らない表情だった。

「うん、見えますよ。ちゃんと敵も見えるし、僕が敵の音を聞きますから、大丈夫です」

「そっか……うん……うん、良かった……」

僕の返事を聞いて安心したのか、雪葉さんは目を瞑って大きく深呼吸する。そしてゆっくりと目を開くと、試合開始のときのクールな表情に戻っていた。

「少し落ち着いた、来てくれてありがと。急にトランシーバーで呼んだりしたからびっくりしたでしょ？」

「あ、いや……まあ」

なんで暗いところが苦手なのか、苦手なのに枕投げをしてるのか。訊きたいことは幾つもあったけど、それは一旦置いておくことにする。

それは、外からペタペタと聞こえてきた、小さな足音のせいだった。

僕が後ろを振り返ったことで、雪葉さんも敵がいることを察知したらしい。

僅かに指を差して「いるの？」と口パクで訊いてきたので、小さく頷いた。

「来て」

彼女は一言だけ告げて、両手に枕を持ったまま、宴会場の入口から遠ざかるように進んでいく。何かあったときにここで雑魚寝することもできるのか、一番奥に布団が何組か積まれている。ちょうど机の山に隠れて、入口からは見えづらくなっていた。

雪葉さんは、積まれた布団に隠れるように敷き布団を敷き、掛け布団をかける。

「灰島君、ここに隠れるわよ」

「え、あ、え？」

促されるままに布団に頭ごと入ると、続いて彼女もガサガサとそこに潜ってきた。

「なっ……なんっ……！」

「シッ」

雪葉さんは真っ直ぐ僕を見ながら、人差し指を口に当てた。

今僕は、触れるか触れないかギリギリの距離で、女子の先輩と同じ布団に入っている。

真っ暗な部屋で、頭から掛け布団を被っているからほぼ完全な暗闇。でも、夜目が利くから彼女の姿がちゃんと見える。少し捲れた浴衣から覗く健康的な太ももを目にして、自分がとんでもないことをしていると改めて自覚し、緊張で心臓が口から飛び出しそうになる。緋色さんにあれだけダメな妄想を浮かべていたのに、なぜか雪葉さんにはそうならず、ただただ、音が漏れそうなほど鼓動が跳ね上がっていく。

雪葉さんは静かに微笑んでいる。目と口だけフッと笑みを湛えた表情は、ミステリアスな魅力を孕んでいた。

「たまにこうやって隠れてるの。布団に入れば、寝るときと一緒だから、少しだけ気分が落ち着くし」

なるほど、これも自分自身の恐怖を抑える作戦なのか。それなら僕ももう少し、こうしていよう。

このままでいられる理由を見つけて嬉しくなっていた僕に、微かな音が水を差す。

さっき緋色さんといたときに聞いた音に似ている、この床の軋む音は、間違いなく足音。

その足音が、部屋の前で止まる。さっきまで外をウロウロしていた敵が、この宴会場に狙いを定めたらしい。

「雪葉さん、来ます」

その言葉を聞いた途端、彼女の目が稲妻のような鋭い光を帯びた、気がした。

「分かった。じゃあ、狩るわよ」

静かにそう告げると、彼女は音を立てないようにゆっくりと布団を出て、枕を握りしめる。ちょっぴり残念だけど、雪葉さんが元の戦闘モードに戻ったならそれはそれで良かったのかもしれない。

積まれた敷き布団の山に二人で隠れ、目から上だけ揃(そろ)ってゆっくり出す。全てが黒に溶ける部屋、このくらいならすぐには気付かれないだろう。

カラカラカラ……サーッ……

足音が止まり、部屋の入口側の襖(ふすま)を開ける音が響いた。枕を構えながら飛び込んできた一つの人影。闇に慣れた僕の目は、セミロングの髪をばっちり捉える。この距離だと色は分からないけど、雛森(ひなもり)のメンバーでこの髪型だったのは一年生の鷺原(さぎはら)さんしかいない。

枕を構えたまま、キョロキョロと辺りを見回す彼女。そうそう、やっぱり怖いよね。僕が同じ立場でもああやって見回しただろう。どうやらこっちには気付いてないようだけど、慌てて顔を引っ込める。

さて、隠れたけど、ここをどうやって切り抜けるんだ。絶対にこのスペースも探しに来るはず。雪葉さんは緋色さんみたいなアクションはできなそうだし、どうやって戦おうか。

悩んでいると、トランシーバーのノイズが耳に切り込んできた。続いて聞こえてきたのは、緋色さんの声。

【そーちゃん、ちゃんとあかりんと合流できた?】

返事したいけど、今したら相手に気付かれるかもしれない。少しずつこっちに近づいている敵を見ながら黙ったままでいると、緋色(ひいろ)さんが続けた。

【お、返事できないってことは近くに敵がいるってことか！　あかりんも一緒にいるのかな？　あかりん、返事できる？】

雪葉(ゆきは)さんも無言。座ったまま、藍色の帯に挟んでいたらしいスリッパを取り出した。

スリッパ？　こんなときに何で？

【あかりんとそーちょんは一緒っぽいね。それならそーちょん、安心するぞよ。あかりんがいれば大丈夫！】

元気いっぱいの幼声を片耳に流しながら、音を立てずにスリッパを握る雪葉さんを見る。よく見ると、スリッパは足先の部分をお互い反対向きになるように重ねられ、かかとの部分がガムテープでぐるぐる巻きにされていた。

【あかりんのトリックには、ひぃも勝てないぞよ！】

ヒュパンッ！

緋色さんの言葉を合図にするように、スリッパを水平に投げる雪葉さん。飛んでいったスリッパは思いっきり直進したあと、急カーブしながら戻ってくる。帰り道、そのブーメランは、こちらを向いていた敵の背中に当たった。

「…………っ！」

すばやく後ろを向いて虚像の敵に枕を構える鷺原(さぎはら)さん。その瞬間、立ち上がった雪葉さんが放った枕は、彼女の足に当たった。

「あっ……！」

驚いた様子でこっちを振り返る鷺原さんに、雪葉さんは手を差し出す。

「危なかったわ。もう少し近づかれてたら、投げるのが見えちゃったかもしれない」

自分に当たったものがスリッパだと分かって少し笑う鷺原さん。

「……参りました。やっぱり美湖さんの言う通り、雪葉さんは強いですね！」

近づいて鮮明になった青色の髪を揺らして、鷺原さんは軽くお辞儀をする。雪葉さんの目の前まで来て、握手をしてから、宴会場を出て行った。

【こちら灯。鷺原さんを仕留めたわ】

トランシーバーで連絡する雪葉さん。イヤホンから、そして目の前から、同じ声がステレオで聞こえる。

【おう、さすがだな。爽斗、雪はすごかっただろ？】

【はい……ちょっとビックリして頭がついていってないですけど……】

この競技、奥が深すぎます。

「どうだった、今の技？」

当てた枕を拾いながら、雪葉さんが聞く。

「す、すごかったです」

「『履かない命（スリップスリッパ）』、結構気に入ってる技よ」

やっぱり名前あるんですね。カッコイイような、そうでもないような。

「でも、まさか道具まで使うなんて思わなかったです」

「なんでもかんでも使っていいわけじゃないけどね。旅館にあるものとか旅館で使うものって制約があるの。工作にも文房具くらいしか使っちゃダメ。それに今のスリッパだって、敵から見えない状況じゃないと効果は薄いわ。タイマンでも敵を翻弄しながら戦える緋色（ひいろ）ちゃんが羨ましくなるときもあるしね」

だから宴会場みたいな障害物が多い場所で戦うのか。人それぞれ、戦い方を考えてるんだなあ。

「よし、敵はこれであと三人ね」

【こちら湯之枝（ゆのえだ）。おい、時雲（ときぐも）】

会話を遮るトランシーバー。調（しらべ）さんからの呼びかけに玲司（れいじ）さんが返事をした。

【他の敵の場所は把握してるか？　ワタシは五階にいるが、このエリアにはいなそうだ】

【はい、俺は四階で隠れてるんですけど、今ちょうど、向こうで桑（くわ）が戦ってます。相手は大将の本間（ほんま）さんですね】

本間さん、二年生でツインテールだった人か。雛森（ひなもり）の二年生は、本間さんと古賀（こが）さんの二人だったな。

【調先輩、俺、ヘルプ行った方がいいですかね？】

【いや、古桑（こそう）ならタイマンでもなんとかなるはず――】

【うわっ！】

玲司さんが突然、声を大きくした。

【どうしたの、玲司君？】

呼びかける雪葉（ゆきは）さんに被（かぶ）せるように、すぐ返事が返ってくる。

【桑が別の場所から狙撃された！】

狙撃って！

【時雲、撃ったのは誰だ！　あの無造作ヘアのヤツか！】

【いえ、永田（ながた）は多分一階か二階です。ヤツが降りるのを桑が見ている】

ってことは残りの一人……二年生の古賀さんか。

【桑はアウトになりました。本間さんはそのまま四階に待機してます】

玲司さんが早口で報告を続ける。緋色さん、アウトになっちゃったのか……。

【クソッ、古賀はどこだ……この階にいるはず……】

玲司さんの声が数秒間途切れ、やがて少し大きな声になって戻ってきた。

【いた、古賀は三階に下りました。アイツ、コンフォーターです。みんな気をつけて】

「コンフォーターか。どこまでのレベルか分からないけど、厄介ね」

軽い溜息とともに口を開いた雪葉さんに聞く。

「あの、コンフォーターって……？」

「ああ、Comforter、つまり掛け布団を体に巻いて戦う人のことよ」

…………はい？

「布団の上から枕が当たってもアウトにはならないから、防御力が高いの。布団を両手で持つせいで攻撃には向かないから、こちらの攻撃を防ぎつつ弾切れを狙って攻めに転じるスタイルが一般的ね」

「なる、ほど」

名前はカッコいい。ただ、絵面を想像するとめちゃくちゃダサい！

「さて、緋色ちゃんがアウトってことは、これで四対三か」

「雪葉さん、アウトになった人ってどうなるんですか？」

「部屋に戻るだけ。トランシーバーの音を聞く以外、何もしちゃいけないの。アウトになるってことは死ぬってことだからね」

なんでこの人たちはちょいちょい命懸けで枕投げしてるんだろう。

【時雲、五階には誰もいないようだ。ワタシは本間の首を取りに行こうと思う。一度、四階まで下がるぞ。時雲は三階で古賀を狙ってくれ】

【了解しました】

調(しらべ)さんと玲司(れいじ)さんの打ち合わせ終了。調さんが五階から四階へ、玲司さんが四階から三階へ移動するらしい。

【おい、灰島(はいじま)】

【は、はい】

張り切った声で調さんから呼ばれる。

【ちょっとお前の力が必要だ。四階まで来てくれ。自販機コーナーで落ち合おう】

【わ、わかりました】

調さんに呼ばれた。期待に応えられるよう頑張らなきゃ。

スリッパブーメランを帯に挟んでいる雪葉さんの方を向くと、彼女は大きく一度頷(うなず)いた。

「雪葉さん、ちょっと行ってきます」

「灰島君、湯之枝(ゆのえだ)さんの周りは死と隣り合わせよ。気を付けてね」

そんなバトル漫画みたいな台詞(せりふ)をさらっと言われてもですね。

「わかりました、気を付けます」

ペコッと一礼して、四階へ向かった。

階段非常口の緑のランプだけが自己主張する、夜のフロア。走るピクトは、僕らの試合を表現しているようにも見えた。

ううむ、もし従業員が起きてて、鉢合わせしたらなんて言い訳しよう。「僕、枕を持って走ってからじゃないとぐっすり眠れない体質なんです」って言えば大丈夫かな。いやダメだろ。

【調さん、四階に着きました】

トランシーバーで報告しながら、自販機が二台並んだ小部屋へ。二台とも電気は落ちていて、お酒の自販機の方は全てのボタンに「売切」のライトが微かに光っている。

「調さん、調さん」

見当たらない総大将を小声で呼ぶと、頭の上から声がした。

「灰島、こっちだ」

「……おわっ！」

「シッ！」

浴衣で自販機の上に乗っていた総大将が、人差し指を立てて大声を咎める。いや、その格好してる女子を見て驚かない人はいないです。

「すまない、敵襲に備えてたんだ」

するすると下りてくる調さん。きっとあられもない格好で上ったんだろうな……。

結構動いていたのか、首に汗が流れ、長い髪は水気を帯びてちょっとまとまっていた。

しかも浴衣が上下に捲れる度に、中が見えそうで見えない絶妙なショットを連発。だ、だめだ、やっぱり煽情的と言わざるを得ない！

「わざわざ呼び出してすまなかったな、灰島」

告白の枕詞だったら王道だけど、今回は枕の意味がちょっと違う。

「古桑も灯もすごかっただろ？」

「ええ、特に雪葉さんの技にはビックリしました」

「灯は練習量もすごいし、トリックプレーのセンスはピカイチだからな。たまに暗闇でパニックになるときもあるけど、障害物や道具の多い場所で戦ったらトップクラスに強い。頼れるうちのエースだ。もちろん、古桑のアクションもすごいし、そういう攻撃は全て時雲のバックアップがあるからこそ……」

誇らしげに鼻の下を擦る調さん。自慢のメンバーなんだろうな。まだ試合に動揺しっぱなしだけど、少しだけ、そのメンバーに加わりたいと思う自分がいた。

「それで調さん、どうするんですか？　部屋戻って一旦立て直したりしますか？」

「いや、部屋はアウトになった人間以外は入れない。もし敵が部屋に攻め込んできたらどうする。部屋の中でドタバタするのは非常識だろ？」

いや、外でやってるのも非常識ですけど。

「まず本間を探してワタシに連絡をくれ。向こうは二年の古賀も残っているし、ワタシがあまり不用意に歩くのは危険だからな」

「分かりました」

「見つけたら連絡頼むぞ。これは古桑の弔い合戦でもあるからな」

「死んでないですって」

今までずっと言いたかったツッコミを発動させると、調さんは僕の両肩を叩きながら、悲しげな笑みを浮かべた。

「灰島、古桑は死んだんだ。この世界で枕に当たるってのは、そういうことなんだ」

「だからどんな世界なんですか！」

目が本気なのが逆に怖いんですよ！

「よし、それじゃあよろしくな」

調さんに自販機コーナーから押し出され、四階をゆっくり回りながら目標を探す。

こんな風に歩き回ってて大丈夫かな。緋色さんみたいに狙撃されたらどうしよう。不安で足が重くなるけど、夜まで山で友達とはしゃぎながらかくれんぼしていたときを思い出して一歩踏み出す。うん、あの時と一緒だと思えば、楽しめる。

「…………あっ」

避難用の非常階段に続くドア、そこを過ぎたあたりにターゲットはいた。

【調さん、後ろから本間さんを発見しました。さっきのところから右に進んで、非常階段付近まで来て下さい】

【おお、見つかったたか、すぐに行くぞ】

連絡から程なくして、調さんが早足でやってきた。揺れた髪から女子の匂いが遊びに来て、こんな場面でもちょっとドキドキする。

「で、どこにいるんだ？　もう少し先か？」

口で答える代わりに指で示すと、調さんは思いっきり目を細めた。

「全然見えないぞ。ワタシもそこそこ目は良い方なんだがな」

「四十メートル先くらいです」

「お前の視力には感心するよ」

少しずつ距離を詰めながら後をつける。角を曲がり、さらに直進するターゲット。

「おお、ようやく少しだけ見えた。こんな暗い中でよく見えたな、灰島」

「はい、もう大分この暗さにも慣れましたし」

【爽斗、調さんと一緒に追ってるんだな？　向こうに気付かれないようにしろよ】

僕の返事に重ねるように、玲司さんの声がイヤホンから入ってきた。さっきの僕の声で作戦を把握したんだろう。

【玲司さん、今のところ気付かれてないみたいです。ただ、まだ距離がありますね、二十メートルくらい。どうやって近づこうか——】

【ああ、それなら大丈夫だ】

玲司（れいじ）さんの声とほぼ同時。調（しらべ）さんが包帯の左手で片方の枕を置き、プロテクターを付けた右手でもう一つの枕の端を持って、腕を下ろした。

【そのくらいの距離なら、あの人にはなんともない】

ギンッと目を見開き、不敵な笑みを浮かべる調さんの横顔。

枕の「耳」とでも呼べそうな端の布の部分を持ち、ソフトボールのピッチャーのように、下から前、前から上、上から後ろへと、大きく素早く、腕を回していく。

ちょうど一回転、そのタイミングで、枕から手が離れた。

「よく寝な」

調さんの微（かす）かな呟（つぶや）きと共にアンダースローで放られた枕は、信じられないようなスピードで空間をこじ開けていく。

ドゴンッ！

枕はそのまま、重力も何処（どこ）吹く風、床に落ちることなく、相手の背中にぶち当たった。

「『軌道確保（スケート・ストレート）』ふうん、もう少しスピードを上げないと防御されるな。まあ飛距離は悪くなかったか」

「スピードも十分だと思います……」

なんですか、今の技。投げたの本当に枕ですか？　枕ってあんなに遠く飛ぶもんなんですか？

【こちら、湯之枝。敵将の本間を倒したぞ】

【めでたいぞよ！　ゆーのさん、やりましたね！】

【勝ちましたね。嬉しいなあ！】

【さすがです、調先輩。爽斗もよくやった！】

開始から一時間半。アクロバティックなアクション、動く情報本部、旅館道具のトリック、剛速のアンダースロー、そしてほんのちょっとだけ良質な視力と聴力を結集した掛戸高校は、見事雛森に勝利した。


「いやあ、でも二軍にしては結構強かったぞよ！」

「桑、油断しただろ」

「くもっち、うるさいぞよ！　勝ったんだから文句言わない！」

「まあ確かに、勝った後の温泉は最高だからな！　とりあえず良い休日だったぜ」

試合から半日近く経った日曜の朝。僕らはチェックアウトを済ませて、駅に向かう途中。

「あかりん、温泉気持ちよかったよね！」

そう訊かれた雪葉さんは、いつものふわふわした調子で「うん、勝った後の温泉はいいよねえ」と笑顔で返していた。試合の時と完全に別人だ。

「灰島君、今回はすっごく助けられたよ。次も勝てるように頑張ろうねえ」

「あ……はい、一緒に頑張りましょう」

柔らかい口調で励まされると、心がポカポカする。やっぱり、こっちの雪葉さんの方が好きだな。いや、好きとか、そんな！　別にその、先輩としてっていうか！　そういうの普通のことだし！　ダメだ、なんか雪葉さんのことになると動揺してしまう。

「ねえ灰島君、楽しかった？」

「へ、あ、はい。もちろんです」

これはこれで青春の一ページ、には違いない。

でも……でも………

「そーちょんスゴかったぞよ。あの聴力は立派な武器になるぞよ！」

「ああ、爽斗の見たもの聞いたものを連携してもらって俺の『脳内俯瞰』と組み合わせれば、大分戦術が組みやすくなる」

「確かに玲司君とのコンビネーションはアリかもねえ。それとは別に、コンフォーター対策は課題だと思うなあ。湯之枝さん以外でもアレを破れるようにしないと」

「確かにな。二年生トリオも、来週からまた厳しい特訓だ」

「ですね、ふふっ、頑張ります」

なんか……確かにアオハルなんだけど……

「そうだ、喜べ灰島。ワタシは試合の後、寝る時間を削ってお前の能力名を考えたぞ。

『知りすぎた男（セカンドサイト）』、どうだ、いい名前だろ」

「おお、そーちょんカッコいい！」

「ふふっ、良かったねえ、灰島君」

「は、はい、ありがとうございます……」

もしかして、ひょっとすると。僕のキラキラ青春ロードは、寄り道したまま正規ルートには戻ってこないかもしれない。

灯(あかり)雪(ゆき)葉(は)

［トリック使いのエース］

パワー	スピード
C	**B**
コントロール	回避力
A	**B**
持久力	その他スキル
B	**A**

掛戸高校枕投げ部の**エース**。部長も目を見張るほどの練習量で、バランス良く能力を伸ばしている。全国の枕投げ部でも稀有な**トリックプレイヤー**として旅館にある道具を使用した攻撃を展開するため、敵は次の攻撃がほとんど予測できないまま対峙することになり、「戦う相手が可哀相」と評されている。弱点は**暗闇**。過去のある出来事がきっかけで、パニックに陥ることがある。

第二投　枕投げ部の日常

「あっ、あれ、二年の灯先輩じゃね？」

「ホントだ！　うっわ、マジで綺麗だよな」

練習試合から少し時間も経った四月下旬。休み時間に物理室に向かおうとすると、渡り廊下の向こうから雪葉さんが歩いてくる。ああ、やっぱり制服姿も素敵……！

「常に成績学年トップ3を維持してて、性格もおっとり優しいって噂だぜ？　同じクラスとかにいたら休み時間ごとに話しかけに行くわ」

僕が小さく会釈すると、「やっほー」と手を振って挨拶を返してくれた。途端に、周りにいたクラスの男子から「ふぎゃっ」と猫を踏み潰したような謎の悲鳴があがる。

「おい待て、爽斗。お前、灯先輩と知り合いなのか？」

「ん……まあ、うん」

みんなの表情が、裏切り者を見る目から、世紀の大悪党を見る目に変わった。

「ふっざけんな！　どこで知り合ったんだよ！」

「いいなあいいなあ！　俺もお近づきになりたいなあ！」

「はああ、何か部活とかやってるのかなあ」

落ち込む面々を見ながら、心の中で盛大な優越感に浸る。

ふっふっふ、君たち庶民は彼女の入っている超マイナーな部活を知らないだろう。部活紹介にも出てないしね。

僕は知ってるんだぜ！　浴衣も見てるんだぜ！　週末に一緒に温泉も入ってるんだぜ！

嘘(うそ)です、最後のは少し盛りました。

「お疲れ様です。すみません、職員室寄ってて遅くなりました」

放課後。部室のドアを開けると、ちょうどお茶を片付けていた雪葉(ゆきは)さんがこっちを向いてニッコリ微笑(ほほえ)んだ。

「あっ、灰島(はいじま)君、お疲れさま。今日、廊下で会ってビックリしたねえ」

「ですね。放課後以外で会うと新鮮です」

玲司(れいじ)さん、緋色(ひいろ)さん、調(しらべ)さんものんびり過ごしていたようだけど、僕の顔を見ながら調さんが読んでいた温泉ガイドブックをパタンと閉じる。

「おう、来たか灰島。じゃあみんな、練習に行こう」

「はい！」

他のメンバーの気合いの入った声に促されるように、壁に掛けられた「灰島」とマジックで書かれた大きな巾着袋を取る。各自、その巾着袋と家電量販店の大きなビニール袋を持って部室を出て、隣にある階段から一階へ降りていった。

降りた場所から昇降口に向かい、校庭へ。ただし向かうのはグラウンドではなく、その奥にある武道場、の更に奥にある、旧武道場だ。柔道部や剣道部は、二年前に建て替えた新しい武道場でやっているので、僕たちはまだ取り壊し予定がないのをいいことに古い場所を使わせてもらっている。古いとはいえ、床はどこも凹んでなどいないし、全体的に綺麗なままだ。もちろんそれは、僕たちが掃除しているからだけど。

「早速着替えるぞ」

「爽斗、行こうぜ」

男女それぞれの更衣室に入り、巾着袋から練習用の白い浴衣を取り出す。そしてジャケットを脱いで、下に着込んでた体育着の上から浴衣を着た。最後に、同じく巾着袋に入れていた足袋を履く。まさか普段の練習でも浴衣になるとはなあ……。

「爽斗、準備できたか？　先に行ってるぞ」

「あ、はい、分かりました！」

玲司さんが早々と出ていく中、持ってきた大きなビニール袋を開く。中から取り出したのは、何の変哲もない、否、変哲だらけの、枕カバーが付いている練習用ポリエステル枕。

それを握りながら更衣室を出て、武道場の中央に向かう。手前は剣道で使用する体育館のようなフローリングの床、奥は柔道で使用する畳の床だ。

「灰島君、見て。桜もすっかり散ったわ。敵もあんな風に蹴散らしたいものね」

「そう、ですね……」

更衣室に入る前とは別人の顔つきになった雪葉さんが窓の外を見ていたので、同じ方向に視線を向ける。風で大方の花びらが去ってしまった桜の木は、ピンクから緑に衣替えを始めていた。

雪葉さん、枕を持つと人格が変わるって言ってたけど、本当に部活の時は別人だな……。

「これから暑くなってくるな。気合い入れて、まずは軽く走るぞ。古桑、今日はお前がトップやってくれ」

「了解であります！」

緋色さんが先頭になり、枕を持ったままフローリングをぐるっとランニング。実践と同じように足袋で走ることで、旅館での試合に向けて体を慣らしていく。

でも、グラウンドのサッカー部が靴から奏でるような、ザッザッというテンポのいいBGMはほとんど聞こえない。

「掛戸ーっ！　ファイ、オー！　ファイ、オー！」

タッタタッタタッタタッタ
「掛戸ーっ！　ファイ、オー！　ファイ、オー！　ファイ、オー！」

ぺったぺったぺったぺったぺった

足袋で走る音が響く。みんな浴衣姿に真顔で走ってるのが余計にシュール。校外の人に目撃されたら、ＳＮＳに投稿されそうな光景。

そしてこのランニングも意外としんどい。裸足に近い状態で走っていると足への負担も結構なもの。滑らないように足にも力が入るから、五周目くらいには息が上がる。

「ファイ、オー！　ファイ、オー！　そーちょん、まだいける？」

「ふうっ、ふうっ、大丈夫です、いけます！」

「ようしっ、じゃあああと五周！」

な、なかなか、つらい、なあ。中学まで、野山を走り回っておいて、良かったなあ。

「うしっ、終わり！　みんな、お疲れぞよ！」

十周ほど走ってランニングは終了、膝に手をついて息をする。

少し風が強くなって、外でびゅうっと音がした。前髪についた汗をピッと払いながら、調さんが「お疲れ」と手を叩く。

「今日はロングシュートから」

「うす！」

僕と玲司さん、緋色さんと雪葉さんで向かい合って、間隔を広く取る。相手が手を構えた位置に向かって、力いっぱい投げる。キャッチした相手は、同じように投げ返す。キャッチボールならぬキャッチピロー。

ただ遊んでるように見えるけど、こんだけ体積のあるものを力いっぱい投げるのは相当な体力と筋力を使う。通常は二十往復を一日三セット。三セット目にもなると、腕が痛くなる。なんかヘタな運動部よりキツい部活では……。

「時雲(ときぐも)、リリースする瞬間、手が相手に向かっていないな。命中率が下がるぞ。最後まで相手を意識してしっかりと投げるんだ」

四人が投げているのを見回る調(しらべ)さんから、ときおり投枕(とうちん)指導が入る。

「分かりました。ふう、やっぱり難しいですね、遠くまで投げるのは」

「投げ方が違うだけで、上から投げても下から投げても最後の力の入れ方は一緒だからな。ちょっと代わってくれ、ワタシがやってみよう」

玲司(れいじ)さんから枕をもらって、そのまま、後ろに七歩下がった。

それを見ながら真正面に手を構えて、枕の端を持つ調さんの腕を見る。

「こんな感じ……だなっ！」

腕を回転させてのアンダースロー。ものすごいスピードで、視界の先の枕が巨大化する。

バシンッ！

受け止めた手がジンジンと震える。調さんを見ると、腕はピシッと僕に向けられていた。

「よし、灰島(はいじま)、投げてみろ。時雲よりも大分下がったけど、届くか？」

顔の前に手を構える調さん。

「やってみます」

少し下がって深呼吸した後、枕を持った右手を引きながら、軽く前進。斜め上を見定めつつ、腕を前に強く出す。

「せいっ！」

投げた後の手はもちろん、彼女に向けたまま。

でも、綺麗な放物線を描いた枕は、そのまま調さんの少し手前で落ちた。

「うわっ、ダメだ！」

「ふははっ！　まだまだだな、灰島。でもまあ、ステキなフォームだったぞ。フォームに意識がいきすぎて、力が今ひとつだったな」

ステキ、は調さんが褒めるときに使う口癖。ちょっと嬉しい。

「古桑たちもだいぶ力がついてきたな。特に灯はどんどん飛距離が伸びてる」

「ありがとうございます」

雪葉さんたちは僕たちよりも少し狭い間隔で投げ合っているけど、二人ともきちんと相手に届いている。しっかりトレーニングしてるんだな。

「ワタシもまだ筋力が足りないからな、練習が必要だ。よし、向こうが終わるまで、三人でやろう。時雲、三角になるぞ」

調さんはもう十分です、と思いながら三角形で順番に投げ合う。四周目に入ったとき、緋色（ひいろ）さんから「ゆーのさん、終わりました！」と言われ、こちらも手を止めた。

「よし、みんな、腕は大丈夫か？」

動かせないほどじゃないけど、実際はちょっぴり悲鳴をあげている。

「まあ、これでへバってるようでは困るけどな。次はドッヂだ、古桑（こそう）、頼むぞ」

「さあ、ここからはひぃが主役ぞよ！」

いち早く畳の床に移動した緋色さんがふふんと胸を張って威張る。

「やっぱり可愛（かわい）いな、小さい女の子が威張ってるポーズは」

「なんか言ったか、くもっち！」

「言ってないでーす」

「ウソぞよ！　言ってたぞよ！」

小学生みたいな言い合いをしてる二人を、雪葉（ゆきは）さんが「二人とも始めるわよ」と遮る。

「今日のターゲットはあかりんから！」

「ん、わかったわ」

アッカンベーし合ってる緋色さんと玲司（れいじ）さんの間を通って、雪葉さんが僕ら四人の真ん中に陣取った。

「準備できたわ。緋色ちゃんから来る？」

「任せろ！　ていっ！」

「こっちね」

緋色さんの投げた枕を、上半身を捻って躱す雪葉さん。

ドッヂ（＝避ける）の名の通り、投げられた枕を、その位置からなるべく動かずに避ける練習。交代で一人がターゲットになり、残りの四人はその人を囲んで枕を投げる。ターゲットは、首を傾ける、しゃがむ、軽く跳ぶって感じで、最小限の動きでそれを躱す。

「雪、これならどうだ！」

玲司さんが肩に向けて投げた枕に、サッと体を引く雪葉さん。

「上半身は簡単よ、玲司君」

そう、上半身は結構簡単。目でしっかりと軌道が確認できる場所だからだ。問題は、足の方に向かってきた枕。

「よし、次のターゲットはそーちょん！」

「はい！」

「灰島君、行くわよ」

僕がターゲットに替わってすぐ、雪葉さんが投げてきた。

ヒュワッ！

……足元、いや、脛のあたり……違う、太もも！

まずい、どうやって避ける？　ジャンプして……いや、これは動かないとマズ――

ポフンッ

「こら、そーちょん！　判断が遅い！」

下に投げられると、軌道を読んで対応策を考えるのに時間がかかる。

「軌道を予想して動かなきゃ！　接近戦を戦い抜くには不可欠なスキルぞよ！」

「すいません、分かってるんですけど……」

「そーちょん、ちょっと投げてみて」

「いきますよ！」

枕を緋色（ひいろ）さんの太ももに向かって思いっきり投げる。

「いやっほう！　ほっ！」

その場ですばやくバク転して枕から遠ざかり、続いてバク宙して枕を避（よ）けた。

「こんな感じでやればいいの！」

「軽く言うけど！」

なるべく動かないってルールはどうなったんですか！

「よし、次はゆーのさん！　ターゲットお願いします！」

「おう、ワタシだな、任せろ」

校庭の隅の武道場で、窓の外がオレンジ色になるまで枕を投げる。

パッと見は旅館と学校を間違えて遊んでるようにしか見えないけど、みんなの表情には楽しげな中に真剣さが見て取れた。

「よし、全体練習はここまで。一旦休憩しよう」

タオルを取りに行ったりお手洗いに行ったりと、緋色さんと僕以外の三人がその場を離れる。いやあ、それにしても緋色さんが羨ましい。あんなにスゴいアクションができるなんて、脚力も体幹も相当なもの——どわっ！

「ん、どしたそーちょん？」

「い、いいいいいや！　なななな何でもないです！」

さっきまであれだけ激しいアクションしたら当然かもしれないけどさ！

浴衣が……っ！　浴衣の下の裾が……っ！　捲れてますよっ！　もう、その、あの、ギリギリで、その、下着が……っ！

「そーちょん、何をそんなに焦ってるのさ」

「い、いや！　本当に、その、何でもないですから！」

いやいや、もちろん下着なんか見る必要はありません！　その太ももだけでもう！　僕は玲司さんのようにカニ味噌塗りたいなんて変態的な妄想はしませんよ！　だって今のままで十分すぎるほど十分ですから！

「…………わわっ！　わっ！」

逸らそうと思っても照準が合ってしまう僕の視線に気付いた緋色さんが、裾を高速でカサカサと直す。

「そ、そそそーちょん！　君ってヤツは！」

茹でたカニのように、顔が真っ赤になった。

「いや、緋色さん！　すみません、でもその！　あの、つい――」

「問答無用ぞよ！　でいっ！」

ボフッ！

「ぐううっ」

至近距離で枕を顔面に当ててきた。痛い、というかゼロ距離で顔に受けると窒息する。

「味方の枕に当たってもアウトにはならないのだ！　覚えておくぞよ」

「むぐ……すみません」

良いモノも見られたし、ルールも一つ学んだし、良しとしよう。

「じゃあ十分後から再開ってことで、よろしくな」

タオルを持ってきた調さんがフローリングの床に座り、持ってきたタオルで汗を拭く。

うっわ。うっわ……。やっぱり何回見ても、汗ばんだ体を拭いてるのはヤバい！　下に体育着を着てると分かっていても、浴衣の内側に手を入れて動かしてるこの光景は……しかも着やせするあのダイナマイトボディーな緋色さんも一緒にやってるなんて……入って良かった枕投げ部！

「ん、どうした、灰島。何か気になるのか？」

「い、いえ！　べべ別に！」

「調先輩。爽斗は、調先輩と桑が体拭いてるところを見て淫らな妄想に浸ってるんです」

「玲司さん！」

なんて余計なことを！

「はっはーん。そーちょん、ひぃのタオルになりたいとか思ってるんだな」

「ち、ち、違いますって」

「ほらほら、さっきの仕返しにこっちから見せちゃうぞよ」

下の体育着と一緒に肩の部分の浴衣をずらして、緋色さんが意地悪げに笑う。チラッと見える肩は少し火照って健康的なピンク色。一応手で顔を押さえるけど、つい目を覆う指は隙間を開けてしまう。くっ……なんて悲しい性！

「そうそう。爽斗は、桑のタオルになったら、たまにわざとびしょ濡れになって桑の背中に張り付いて、桑が『こ、こらっ！』とか言うのを期待してるんだ」

「期待してません！　断じてそんなに変態ではありません！」

玲司さんを介在させると、もれなく妄想が一段階レベルアップする仕様。

「そうか、灰島は古桑を見ていたのか。てっきり、ワタシが今日体育着を着てくるのを忘れたことに気付いたのかと思ったぞ」

「いや、別に見ていたわけ……って、ええええええ！」

何だってえええ！　って、ってことはですよ！　その浴衣の下は……どわあああああ！

「あかりんも拭けばいいのに」

自分でも分かるくらい顔がアツくなっている僕の横で、雪葉さんに聞く緋色さん。

「ううん、今はあんまり汗かいてないし、これから個人練習もあるしね。それに……外で拭くの少し恥ずかしいよ」

雪葉さんはクールな表情の中に少し照れを見せる。なんか可愛い。

「ふうむ、恥ずかしいのかあ。あ〜か〜り〜ん、うりゃ！」

「きゃっ！」

緋色さんが雪葉さんの浴衣の肩をグッと引っ張ってずらした。何ということでしょう！

「ちょっと、緋色ちゃん！」

「ぐふふ、良いではないか、良いではないか！」

後ろを向いた雪葉さんの、綺麗なうなじと肩が見える。ホントに汗をかいてないし、もう雪って名前のとおり色白で、またそれを必死に押さえてる雪葉さんの顔は対照的に頬だけ少し赤みを帯びていて、何このレアチーズケーキにストロベリーソースをかけたような白と赤のマリアージュ……！

「おい爽斗。今、雪の肩にスポイトで墨汁かけて、鎖骨に墨汁が溜まっていくのが見たいって思ってたろ。顔に書いてあるぞ」

「どんな顔してたんですか僕は！」

雪葉さんに変な誤解をされたくなくて慌ててツッコミを入れる。その一連の流れが終わったタイミングで、調さんが「そういえば」と切り出した。

「今年の桔梗杯予選は六月第一週からに決まった」

「そっか、もうそんな時期ぞよ！」

腕を組んで頷く緋色さん。

「あの、調さん、桔梗杯って何ですか？」

「ああ、灰島には説明してなかったな。今のところ枕投げ部はこの県の全体で八チームあるんだが、その中で一位を決める大会だ」

大会の内容より、八チームもあることにビックリです。

「まずは県の北部ブロックと南部ブロックで四チームずつ、総当たり戦の予選を行う。その後、各ブロック上位二チームの計四校で決勝トーナメントだ。予選も決勝も、県内に幾つかある『桔梗苑』ってホテルを使うからミーコが桔梗杯と名付けたんだ」

なるほど。六月は一ヶ月半ぶりに試合ってことか。

「本当は来月あたりに練習試合をしたかったんだが、なかなか予定が合わなくてな。ちょっと難しそうだ」

「おお、去年のこと思い出したらなんかやる気出てきたぞよ！　そーちょん、掛戸は去年、決勝トーナメントまでは進んだけど四位だったんだ。今年は優勝目指すぞよ！」

腕を振り回す緋色さんに、調さんが枕をポンポン投げながら「ふははっ！　全員なぎ倒そう！」と目を細めて笑う。

「よし、ここからは個人練習だ」

「はい！」

調さんの掛け声で、全員が自由に練習を始める。緋色さんはバク転の練習、調さんは腕立て伏せ、僕は玲司さんと組んでもう一度ロングシュートをやり始めた。

そんな中で雪葉さんは、全力で枕を壁の的に向かって投げている。さながらシャドーボクシング、まるで実際にそこに敵がいるかのように、走ったり跳んだりしゃがんだりしながら枕を投げ、常に同じ場所に当てられるように練習している。僕たちが小休止しているときも雪葉さんはほとんど休まず、見えない敵と対峙していた。

「あかりんはすごいぞよ！」

「ああ、さすがうちのエースだ」

前の練習試合で、調さんが「灯は練習量もすごいし」と言っていたのを思い出した。日々の弛まぬ努力が、彼女を強くしている。いつの間にか額に浮かんでいた汗を拭いながら真剣な眼差しで枕を握っている彼女を見て、僕も休憩を終え「玲司さん、もう一本お願いします」と声をかけた。

窓の外の夕焼けが青混じりの黒に染まってきた頃、調さんの「そろそろ帰るとしよう」の声を合図にして、今日の部活は終了。部室に戻って着替えたら、少しだけ全員で休憩。

「じゃあお茶にしようか」

他の部活なら帰り道のファミレスや喫茶店を指すところだけど、この部活は部室でお茶になるのが珍しい。しかも、お茶といっても紅茶やコーヒーじゃない、日本茶。

「みんな、よく聞け！　俺は今日、玉露を持ってきた！」

「わあ、玲司君、玉露なんてすごいね。緋色ちゃん、はいこれ、湯呑み」

「あかりん、ありがと！」

まったりとお茶を飲みながら談笑。誰かが何か言うたびに、誰かが何かするたびに、誰かの顔が綻ぶ。そんなテンションで、ゆったりとした時間を楽しんだら下校だ。

「今日は雲がないから、星がよく見えますね」

空を見上げて、思わず呟く。南の上空には、うみへび座が大きく陣取っている。東寄りに強く光るのは、おとめ座のスピカ。山にいたときの方がもっと見えたけど、ここで見る星も綺麗だ。

雪葉さんが肩を叩いて話しかけてきた。

「ねえ、灰島君。あの四角い形になってるの、何座だっけ？」

「あ、からす座ですね。その右にあるのがコップ座です」

「右？　右、右……ううん、全然見えないなあ」

「そーちょんは特殊な目なんだから、もっと一般人の能力に合わせて教えるぞよ！」

いや、バク宙やれって指導する人にそんな説教されたくないです。

「爽斗、じゃあな！」

「またね、灰島君」

みんなに手を振って、校門近くの交差点で別れる。

枕投げ部の一日はこんな感じ。自分が一ヶ月前に夢想していた青春とはちょっと違っているけど、これはこれで楽しい気もしている。


練習が始まってから三週間経った、放課後の南校舎三階。窓の下で葉を揺らす桜の木は毛虫の棲み処と化し、振り落とすように枝をワサワサと動かしている。

「あれ、雪葉さん」

「あっ、灰島君、やっほー」

部室にいた制服姿の雪葉さんが、ノートから顔を上げて、ニッコリと手を振ってくれる。

「調先輩たちはどうしたんですか？」

「あれ？　三人とも用事あるみたいだから、今日はお休みって連絡来てたよ？」

「え？」

慌てて鞄の中からスマホを出す。調さんから「今日は休みだ！」とだけ来ていた。

「雪葉さん、お休みなのに来たんですか？」

「うん、宿題とか予習とかあったから、どうせならここで終わらせようと思って」

「すごい、さすがです！」

テストでは常に二年生で三本の指に入っているという頭脳明晰な雪葉さん。部活だけじゃなくて勉強も、こうして努力を重ねてるんだなあ。

「灰島君は帰るの？」

「あ、いえ……。せっかく来たんで、僕も宿題やってから帰ります」

「そっかあ、じゃあ一緒にがんばろうねえ」

斜め向かいに座って教科書と数学のプリントを取り出し、一問目から解き始めた。

時計が進む音、シャーペンを走らせる音、そして外から聞こえる野球部の声。思考を邪魔しないくらいの心地よいノイズが部室を包み、プリントが少しずつ黒くなっていく。

が、どうしても解けない問題が一つ。教科書で類題をやった気がするけど、解法がよく分かってない。ここは思い切って……

「あの、雪葉さん、すみません。数学のここ、解き方教えてもらってもいいですか？」

「うん、いいよいいよ！」

雪葉さんが僕の横に立つ。シトラスのような香りが鼻をくすぐり、心が跳ねる。

問題を見た後、彼女は「これ、難しいよねえ。私も初めて見たときできなかったもん」と言いながら、自分のノートに放物線を書いてくれた。共感して寄り添ってくれる、さりげない優しさが嬉しい。

「二次関数の最大値・最小値って、Xの範囲次第でしょ？　今回はその範囲がaになってるから、aの値によって変わるんだよねえ。例えばほら、aが1未満の場合は……」

「……ホントだ、解けた！　ありがとうございます！」

「ううん、またいつでも聞いてねえ」

雪葉さんの手伝いもあって無事に宿題が終わった。予習するほど勉強に熱中したいわけでもなくて、とりあえず近くにあった温泉特集の雑誌を手に取って捲る。が、読み始めて数分も経たないうちに、雪葉さんから声をかけられた。

「ねえねえ、灰島君？」

「は、はい？　何ですか？」

「ちょっと実験付き合ってほしいんだけど、いいかなあ？　試合に向けて技を考えたの」

手に持っているノートはさっきと色が違う。予習は終わって、トリックを考えてたのか。

「あ、いいですよ」

「じゃあ、これを、と……」

二人で上の荷物を棚に移動させて、机と椅子を横に寄せる。キャスターがついている机は移動が楽だ。横のレバーを引くと、天板が九十度垂直に回転して、壁にぴったりつくように収まり、部室が一気に広くなった。

「そこに立っててね」

部室の角に立って、雪葉(ゆきは)さんが後ろを向いてごそごそとダンボールを漁(あさ)っているのを見る。あれは雪葉さんのために置いてある道具箱。研究・実験用に、温泉にある色んな道具が入っているらしい。

何だろう、何が来るんだろう……予想がつかない分、ちょっと怖い。

「行くよ」

瞬間、彼女は練習や試合と同じような真剣な表情になり、同時にヒュッと風を切る音がして、細い何かが飛んでくる。得体の知れないその蛇みたいな黒いものは、あっと言う間に左足首に絡みつく異物へと変わっていた。

「うわっ！」

雪葉さんに引っ張られて足が上がる。体勢を保とうとバランスを取ってるうちに、飛んできた練習用枕にバフッと顔を撫(な)でられた。

「うん、まあ一応思ったようにはできたかな」

「雪葉さん、これ……」

　足首を見ると、絡まってたのは黒いコード。先端にガムテープが巻いてある。雪葉さんは、いつものニコニコした顔に戻り、コードを巻いて片付けていった。

「宴会場にあるカラオケのマイクコードなの。マイク本体を抜いて、ジャックの部分にガムテープを巻いたんだあ。剥(む)き出(だ)しだと危ないしね」

　こんなものまで利用するのか……雪葉さんの技はホント幅広いな。

「技の名前は……あっ、『マイクで巻いて(ジャックスネーク)』ってどうかな？」

「なんかカッコいいです！」

　いや、カッコいいのか？　本当か？　センスが感染(うつ)ったかな？

「灰島(はいじま)君、技はどうだった？」

「そうですね……びっくりしました。暗いところでやればかなり驚くと思います。ただ、コードが絡まっても手は動くんで、タネがバレてると効果薄いかもしれませんよね」

「そうなんだよねえ……ホントは両足やれれば一番いいんだけど、二本のコードを一気に投げてうまく届く気がしないなあ」

　手に巻き付ければいいんじゃないですか、と訊(き)いたものの、彼女は「それはダメなの、顔に当たったら危ないしね」と首を振った。そっか、危険なプレイは禁止なんだっけ。

「ようし、もう少しだけ練習させてね」

そのまま何回も練習を繰り返す。序盤こそたまに外すこともあったものの、三十回を超える頃にはほぼ百パーセントの確率で僕の足を捕らえられるようになった。

「うん、大分良い感じだね！　助かったよ灰島君、ありがとねえ」

机を戻して、ノートを開く雪葉さん。笑顔のままブツブツ言いながらメモしているその姿はとても勉強熱心な高校生に見えるけど、呟きの中身は「こっちで動きを封じれば、狩れるかなあ」と若干怖い。

「それ、技を書いてるんですか？」

「そうなの！　でも思いついた順に書いてるから、ちゃんと整理できてないんだあ」

ノートには、アイディアと試した結果、実践の成果が綺麗な字でまとめられていた。こんな丁寧な楷書体で「スリッパをブーメランにして」とか書かれてるの、妙に面白い。

「へえ、こうやってまとめてるんですね」

マイクコードで相手の動きを止める、かあ…………おっ！　思いついた！

「雪葉さん、さっきのマイクコード、ジャックの部分を自家製のスライムとかに浸してから攻撃するのどうですか？　ベタベタするから結構驚いて反撃できなくなるかも！」

一瞬、きょとんとする雪葉さん。やがて彼女は目をキュッとつぶって吹き出した。

「……ふっ……ふふふっ……あははっ！　灰島君、それじゃ試合終わった後にマイク使えなくなっちゃうでしょ？　ふふっ、面白いなあ！」

「あ……そ、そですね、へへ」

驚いた。こんなに可愛い表情で笑うなんて、知らなかった。

その驚きと同時に、僕は別の感情を自覚する。

おっとりでふわふわした雪葉さんが好みだと思っていたけど、多分それだけじゃない。真剣に部活に取り組んでいる姿もカッコよくて素敵だと思うし、今こうして目の前で大笑いしてるお茶目な姿も可愛い。どんな彼女を見ても、胸がときめく。

もっとこの人の色んな表情を見てみたい。できることなら、自分しか見たことのない顔を知りたい。それはおそらく、「恋」とか「好き」なんて名前の付く想いで、入学式のあの日、きっと一目惚れしてしまっていた僕は、今日改めて彼女に恋に落ちたと知った。

「じゃ、じゃあ、これはどうですか！　ジャックに巻いたガムテープの部分にトリモチをつけておくんです。コンフォーターの掛け布団に当てれば、掛け布団を剝がせますよ！」

「ううん、掛け布団剝がすにはちょっと力が足りないかなあ」

笑った顔をまた見たくなって、いつもよりハイになって思いっきり道化た。

そこからずっと、如何に宴会場のものを武器に使うか話し込んだ。誰かの忘れたスリッパ、備え付けのロッカーに入った箒、机に置いてある布巾。何をどう使って戦うか、ううん、何をどう使って笑わせようか考えながら、めいっぱいおしゃべり。ノートに棒人間を描いて、アクションのシミュレーション。外では薄黒い雲が晴れた空を少しずつ覆っていく中で、この部室の中だけはずっと明るい空気に包まれていた。

「なんか今日、いっぱい雪葉さんと話せて楽しいです！」

「ふふっ、私もだよ。アイディア考えるの、楽しいよねえ」

手を口に当ててまた笑う。そういう「楽しい」じゃないけど、喜んでくれているなら今はそれでいい。

少し開けていた窓から吹き込んだ強めの風が、雪葉さんの前髪を揺らし、彼女は目を細めながら外を見た。可愛いけど綺麗、そんな横顔を見て、息が止まる。

ああ、僕はこの人のことを、ちゃんと好きになっているんだな。

「そろそろ帰りましょうか、明日は普通に練習ありますもんね」

「そうだね。これから暑くなってくるから、浴衣でも結構大変なんだあ」

炎天下の練習を想像して思わず苦笑しながら、一緒に部室を出た。

夜。机の前とベッドの上を往復する。

大した用もないのに送るのは変かな。いや、でもそんな風には思わないでくれるかな。

こっちから送れば……。でも、もう少し時間が経ってからの方がいいかな……。

散々迷って、ベッドにボフンと雪崩れ込みながら、メッセージを送る。

【今日は楽しかったです。また一緒にトリックの作戦会議しましょう！】

枕にスマホをバフッと置いて、ベッドから起き上がる。返事が来るまで、勉強も手につかないし、動画も頭に入らない。ただただ寝転がって、イヤホンもせずに音楽を吸い込む。何度もホーム画面をチェックして、いつもと同じ画面に小さく息を吐く。通知音に急いで覗き込むと、スタンプ欲しさに登録したニュースチャンネルの新着通知。その場に放り投げ、無駄足を踏んだ鼓動に落ち着くよう言い聞かせて、また体勢を戻す。

緊張して、少し怖くて、でも変に楽しみで。大した連絡じゃないから大した返事が返ってくるわけでもないのに、期待だけが高まっていく、どうしようもない一人相撲の時間。

しばらくして不意に鳴ったポンッという音に、ビーチフラッグのように飛び起きる。

【私も楽しかったよー、ありがとね！　また明日！】

口で言っているのが聞こえてきそうな、雪葉さんらしい返信。こんな二十文字くらいの、ただの挨拶のメッセージがものすごく嬉しい。

季節はゴールデンウィーク間近。好きになった先輩と、初めて連絡を取り合った。

「じゃあ始めよう。爽斗、今回は正解できるといいな」

「はい……」

夕方の十七時。南校舎三階の部室でトランシーバーを制服のポケットに入れながら、玲司さんの声にやや力なく答える。

五月も下旬に差し掛かり、浴衣を通す腕に暑さを覚えるようになってきた。少し前に旧武道場での練習を終え、僕たちは部室に戻り制服に着替えた。これから、若干気が重い練習が始まろうとしている。

「チャンネルは18、グループは34に合わせて。調先輩と雪はこっちの南校舎、桑と爽斗は北校舎だ。よし、スタート！」

「よし、みんな、散るぞ」

玲司さんと調さんの掛け声で、一斉に部室から出た。二階の渡り廊下を渡って、職員室や理科室がある特別教室の南校舎から、クラス教室の北校舎へ。緋色さんと別れて三階、三年生の階に着いた。トランシーバーに口を近づける。

【こちら灰島。北校舎三階に着きました】

【こちら緋色。こっちも北校舎一階にいるぞよ！】

【じゃあ後は各自適当に動いて、随時報告して下さい。途中で俺から問題出します】

指示の通り、ゆっくり歩きながら二階まで降りてくる。

【灰島、北二階です】

【灯、南三階に移動したわ】

【湯之枝、渡り廊下を渡って北二階に移ったぞ】

【緋色、南一階に来たぜ！】

【時雲（ときぐも）、北一階だ】

【灯、南二階に戻った】

各自、エリアを移動するごとに報告を重ねる。数分して、突然「ジャジャン！」と効果音の口真似（くちまね）が聞こえた。

【全員ストップ。よし爽斗。今、調先輩はどこにいる？】

うっ、まずい……えっと、二階に移ったって言ってたような……北？　南？

【えっと……南二階だったかな……】

玲司さんは、しばらく溜（た）めた後、「ブップー！」と返事した。

【違うな。調先輩は北二階だ。雪のことは覚えてるか？】

【えっと、雪葉（ゆきは）さんが南三階、いや、二階ですね】

【うん、その通り。桑、俺がどこにいるか分かるか？】

【んっとね……南三階！】

【全っ然違う、俺は北一階だ。後は、爽斗が北二階だな。よし、じゃあ続けよう】

校舎を旅館に見立てた、情報戦の練習。正確には、情報を記憶する練習。

スマホ禁止の中で行う枕投げ。その中で唯一の情報端末、トランシーバー。各自が次々にトランシーバーで報告してく中で、誰が今どこにいるのかを覚えておく。もちろん報告してから多少動いてることもあるだろうけど、前回報告された場所を覚えておけば、たとえ本人が連絡できないときも、どの辺りに助けに行けばいいのか判断する材料になる。玲司さんが指示を出せる状況にないときにも動けるようになるための訓練だ。

【ここでストップ。次は雪だ。桑がどこにいるか分かるか？】

【ううん、多分、南二階か南一階なんだけど……ごめん、正確には覚えられてない】

【いや、合ってるよ、南二階だ。さっきまで桑は南一階にいたから混ざったんだな】

動きながら残り四人の位置を覚えるだけでも大変なのに、玲司さん、移動経路も覚えてるのか、棋士みたいだな……「脳内俯瞰」恐るべし。

それに、本番はこんなにうまくいかない。旅館では階数だけじゃなくて「休憩スペースの近く」なんていう位置情報まで覚えないと使えないわけで、今の練習もまだ序の口。無意識に記憶していけるようになるまで、練習を重ねることになるんだろう。

でも、別に覚えるのが苦手だから気が重いわけじゃないんだよな……。

【こちら灰島。渡り廊下を渡って、北二階に移り——】

「わっ！」

渡り廊下の出口で、緑のネクタイ、三年生女子のペアとぶつかりそうになる。

「あ、す、すみませ——」

「あ、あの、いえ、大丈夫です」

片方の女の子が、僕の「すみません」より早口で話す。言い終わるが早いか、もう一人の女の子の手を引いて、そそくさと渡り廊下を駆けていった。

ええ、分かっていますとも！　この聴力のおかげでアナタたちの声は大体聞き取れていますとも！「あれ、何してるの？」「何かトランシーバーとか持ってたよね」「だよね！変なの！」みたいな会話してるでしょ！　泣いてない、泣いてなんかないぞ！

【爽斗、桑がどこにいるか分かるか？】

【……すみません、聞いてませんでした】

【どうした？　トラブルでもあったか？】

【まあ、心に傷が少々】

僕にはこの練習は向かないらしい。雪葉さんなんか、外で肌見せるのが恥ずかしいとか言ってたけど、トランシーバー片手に校舎走り回ってる方がよっぽど恥ずかしい。

【こちら、時雲玲司】

練習も終盤、急にフルネームになった玲司さんの声にビクッと反応する。

【コード、2・3・7・1】

えっと、2・3・7・1を逆にすると、1・7・3・2。一つずつ前にズラして、0・6・2・1か。6チャンネル21グループだな。

【こちら玲司。皆さん聞こえますか？】

【こちら湯之枝(ゆのえだ)。ああ、大丈夫だ】

調(しらべ)さんから始まって、残りのメンバーも返事をした。

トランシーバーでフルネームになったときは、相手に盗聴されている可能性があるというサイン。掛戸(かけと)の中での大事な決めごとだ。

試合で使うトランシーバーは20チャンネルあって、それぞれに38のグループを設定できるので、組み合わせは760通りある。

でもグループを未設定にすれば、同じチャンネルの声ならグループに関わらず拾うことができる。つまり、グループ未設定で1から20までチャンネルを回していけば、どこかで必ず相手チームの声を盗聴することができるのだ。もちろん、自分のチームの声は拾えなくなる、という大きなマイナスがあるけど。

実際の戦争でも当然の戦法だ、という理由で盗聴は正当な作戦として認可されている(どんな理由だよ)。今のはそんな盗聴への対応策。情報が漏れていると思ったら、グループとチャンネルを変えて戦況を立て直す。

【こちら時雲玲司(ときぐもれいじ)。コード、オール1。全員、南一階、西側階段に集合】

またフルネーム、しかもオールのコードが付いた。今度は、盗聴されていることに気付かないフリをして、相手を撹乱(かくらん)する作戦。場所をコードの数、つまり一つ後ろにズラすと1→2だから……実際に集まるのは南二階か。

これで各メンバーに個別に指示すれば、確かに撹乱できそうだ。それにしても、盗聴まで作戦に出てくるなんてなあ。

南二階に行くと、程なくして全員集まった。

「よし、今日の練習はここまで。調先輩、お茶にしましょう」

フッと笑う玲司さん。敵に回すとこんなに怖い人もいないかもしれないな。

夜、枕投げ部の大会を前に、ベッドに横になって雪葉さんとメッセージを送り合う。

【うんうん、私も頑張らないとだあ】

【いよいよ桔梗杯ですね】

ゴールデンウィーク以降、たまにやりとりできる関係になれた。いつも短文で数往復だけど、何となくそのやりとりが楽しい。

あんなに綺麗な先輩とこうして話せることが嬉しくて。あんなに頭の良い先輩が枕投げに真剣になってることが面白くて。あんなに素敵だった笑顔をまた思い出して。つまらない用事でも大したことない相談でも、ついつい連絡したくなる。

【でも、試合に向けてどんな練習しようか迷ってるんですよね。アクションもできないし、記憶力もそんなに良くないし、力があるわけでもないし……】

ついつい悩みを打ち明けてしまう。実際、結構悩んでいた。

自分の視力を確かめるように、ベッドに横になりながら奥の本棚に目を凝らしタイトルを読む。窓の外からは遠く離れた犬の遠吠え。ううん、目と耳なら負けないけどなあ……。

と、気を緩めていた僕を驚かすようにスマホが鳴る。想定と違うこの音は、通知音じゃくて着信音。画面を覗くと「灯雪葉」の文字。

反射的に体を正座に直して、彼女の声が聞こえる魔法の端末を耳に押し当てた。

「は、はい！　灰島です！」

「灯です。急に電話、ごめんねえ。文だと少し長くなっちゃいそうだったから」

「いえ、はい、大丈夫です！」

初めて電話越しに聞く雪葉さんの声は、籠ってるけど透明感があって、耳に優しく留まる。上擦った声で返事をして、その声を自分で聞いて余計に緊張の度合いが高まった。

「あのさ、灰島君って、どうやって『知りすぎた男』を体得したの？」

「体得って言われるとアレですけど」

あと、自分の能力名にもまだ慣れてないですけど。

「その、実際自分でも良く分かってないんです。山で鳥探したり、川で魚見つけたり、夜まで缶蹴りしたりしてはしゃいでる中で、自然に鍛えられたんだと思うんですけど……」

「ん、だったらそれでいいんじゃないかなあ？」

雪葉さんの声が柔らかくなる。勉強を教えるような、何かを諭すような、穏やかな口調。

「灰島君の能力は、一朝一夕で身についたものじゃないと思う。それは、湯之枝さんや緋色ちゃんや玲司君も一緒だよ。そうやって磨いたものは、絶対に戦いの役に立つんだあ。灰島君の力は重宝するよ。攻めにも守りにも使えるしね」

「そう……ですかね」

「うん。灰島君ができないことは私たちがやるね。だから、私たちに足りないところをカバーしてほしいなあ。それが、この戦争を終わらせる鍵になると思うの！」

「話のスケール大きすぎませんか」

戦争を終わらせる鍵って。僕は救世主か。

「でも、そうですね。なんか気持ちが楽になりました」

そっか。今の能力があればそれでいいのか。

「ごめんねえ、大した答えじゃなかったけど」

「いえいえ、雪葉さんの意見、目からウロコでした。ありがとうございます！」

「ううん、役に立ったなら良かったあ」

「…………………」

お互い、少し間が空く。このまま切るのは、ちょっと寂しい。

「……あ、そうだ、雪葉さん！」

「うん？」

じゃあまたね、と切り出される前に、名前を呼んだ。

「僕、新しいアイディア考えたんですよ！　雪葉さんのトリック！」

「え、ほんと？」

立ち上がって机の上のリングノートを手に取る。数学の練習問題用に使っていたそのノートの中身は、途中で数式からトリックのメモに変わっている。時間が空いたとき、雪葉さんとのやりとりを思い出したとき、いつもこのノートに書き溜めていた、いつかこの話ができるかもという黒炭色の淡い期待。

「茶托、フリスビーみたいに投げたら武器にならないですかね？」

「ううん、それちょっと前に考えたことあるんだよねえ。お茶関連の道具でなんとかならないかなって。茶托だとただぶつけて終わりでしょ？　『履かない命』みたいに相手を錯覚させるわけじゃないし、あんまり効果ないかもなあって」

「そうか、確かに……」

「でもこういうトリックプレー考えるの、楽しいでしょ？」

「そうですね、楽しいです！」

即答すると、彼女は「大事な作戦だから他の人に聞かれないようにしないとね」と言った後、急に声色を変えた。

「こちら、灯雪葉。コード、０・１・４・２」

「ん、あ、盗聴！　え、誰かに聞かれてるんですか！」

僕の動揺に、雪葉さんは電話越しにクスクスと笑みを漏らし、元の声に戻る。

「ふふっ、冗談でした」

「もう、びっくりしましたよ！」

雪葉さんの方から冗談を言ってくれた。たったそれだけのことがこんなに嬉しくて、胸がキュッと締め付けられる。

「雪葉さん、他にも考えたんですよ。冬の旅館って、部屋にみかんとか置かれないですかね？　みかんの皮を潰して、相手の目に汁をかけて視界を奪うっての考えたんですけど」

「ええっ、何それ」

耳に吸い込んだ笑い声は、脳まですぐに届いて笑顔の雪葉さんの像を結ぶ。

「冬にみかんかあ。お茶菓子はよく見るけど、旅館では見たことないんだよねえ。それに、そんなに至近距離に近づけるなら、視界奪う前に枕投げちゃうかなって」

「あ、ですよね、あははっ！　みかん意味ないや！」

リアクションを楽しみに、笑い声を楽しみに、書き溜めたノート。とても緊張するような、でもすごく落ち着くような。相反する想いを同居させて、スマホを耳に押し付ける。

「あとはですね、シーツをうまく丸めてニセ枕を作るっていう作戦があって……」

四分で終わった相談の後、二人だけのトリック会議はたっぷり三十分続いたのだった。

古桑緋色（こそうひいろ）

［縦横無尽な元気印］

パワー	スピード
C	A
コントロール	回避力
C	A
持久力	その他スキル
E	A

他を圧倒するアクロバティックな技を繰り出す、枕投げ部の**ムードメーカー**。バク転も前方宙返りもお手の物のため、スピードと回避力は群を抜いている。明るい性格そのままに、試合開始から**切り込み隊長**として飛ばしていくものの、持久力はそこまで高くないため、試合序盤～中盤でアウトになってしまうこともしばしば。

時雲玲司（ときぐもれいじ）

［情報戦のプロ（変態）］

パワー	スピード
B	C
コントロール	回避力
C	B
持久力	その他スキル
B	A

枕投げ部の情報戦担当。「女子の太ももには、でろでろのうどんとソースまみれの焼きそば、どっちを挟みたい?」といった普段の変態発言が霞むかの如く、試合中は頭脳派な部員としてチームを動かしていく。また、敵味方の動きを全て記憶する能力**「脳内俯瞰（トイガーデン）」**により、敵の動きも見据えながらゲームメイキングしていく様は、正に頼れる参謀だ。

第三投　桔梗杯、開幕！

「ホント大きな旅館ですね」

「四月に行ったホテル雅の倍以上あるからな。爽斗、試合中に迷うなよ」

「確かに気抜いたら、自分がどこにいるか分からなくなっちゃいそうです」

内湯の温泉に浸かりながら、玲司さんと話す。

六月初週の今日は、桔梗杯予選ブロックの初戦だ。一ヶ月半ぶりの温泉旅行は現在、試合会場となる桔梗苑にて、夕飯前の温泉中。

昨日公式サイトを見て大きさを想像していたけど、実物を見た実感はそれを上回る。

ホテル雅は五階建てだったけど、桔梗苑は九階建て、さらに六階建ての別館まである。単純に言えば、五階建てだったホテル雅の三倍のフロア数だ。ホテル雅でもうちの実家の旅館と比べたらとんでもない広さだったのに、もはや別世界の大きさ。

「広いだけじゃないけどな。本館のポイントは吹き抜けだ」

本館の真ん中は、一階から九階まで繰り抜かれたように吹き抜けになっている。

「なかなかオシャレな造りだけど、向かいに敵を発見しても直進できないってのは戦略立てる上で重要かもな。爽斗の目がいくら良くても、追えなきゃ意味がない」

「確かにそうですね」

建物は四角いドーナッツ状で、吹き抜け部分の壁はガラス張り。上下の階でも簡単に敵は見つけられそうだけど、追うのに時間がかかる。

「後は別館だな。本館との連絡通路は二階と五階だ」

「玲司さん、別館って何があるんですか？」

「露天風呂やバー、あとはゲームセンターとかだな。お、見ろ、爽斗。泡だぞ泡」

「あ、ホントだ」

腕を上げた玲司さんの腕に、細かい泡がプツプツとついている。桔梗苑の温泉は、二酸化炭素泉というやつらしい。浸かると全身に炭酸の泡が付くから、通称は「泡の湯」だ。

「この泡が皮膚から吸収されて、血液の循環を良くするらしい。桑や雪たちも、肌が少し赤くなって出てくるはずだな」

浴衣を着てる雪葉さんや緋色さんを想像して、温泉に入り始めたばっかりなのに顔だけ赤く染まる。可憐な女子のお風呂あがり浴衣。そんなものを定期的に眺められる高校生が世の中に何人いることか！

「こら、爽斗。お前今、雪の赤くなった背中に海苔の佃煮で線や種を描いて、イチゴの絵を作ろうと思ってただろ。危ないヤツだな」

「どっちが危ないんですか」

ホントに、どうやったらそういう思考に行きつくんだろう。

「大体なんで玲司さんは、いちいち食べ物とか塗らないと興奮しないんですか」

「体に食べ物を塗る行為は、化粧みたいなもんだからな。女性を魅力的に映すツールだよ」

「絶対違う！」

ファンデーションと海苔の佃煮が同じカテゴリで堪るか！

「それにしても、これだけ広いと試合も大変ですね」

髪をかき上げながら話題を変えると、玲司さんも真面目な表情に戻る。

「ああ、電波も厄介な問題だよ。ここはともかく、別館は中継器を使ってもトランシーバーが入りにくいからな」

ここは本館の最上階、九階。ホテル雅よりもさらに田舎にあるこの旅館は、スマホの電波すら不安定。宿泊部屋もない、山寄りの別館は尚更のはず。

「中継器二台までって条件も厳しいですね」

「まあ、だから面白いって部分もあるけどな。なるべく広範囲でシーバーを使おうと思ったら、どうしても中継器を設置する場所のパターンは限られてくるから、見つかりやすくなる。敢えてそこを狙わずに、一部のエリアは繋がらないことを前提に集中させて設置した方が、結果的には中継器を狙われるリスクは減る。そこらへんは駆け引きだ」

「なるほど」

スマホ禁止というルール上、頼れる連絡手段はトランシーバーしかない。中継器の電源が切られたら電波の届く距離は大幅に短くなり、仲間同士の連絡は相当困難になるだろう。

「こんなに広い試合会場だ、連絡できなくて孤立でもすれば、狙い撃ちで仕留められることも有りうる。もちろん、電波の入りやすいところを探してウロウロしてても、狙撃されて一発でお陀仏だな」

「なんでみんな試合のことになると表現が凄惨になるんですか」

ほら、隣の人すごい目でこっち見てますよ。

「本館二階、いや、別館の方がいいのか。去年は……」

玲司さんは真面目な顔をしてブツブツ設置場所を考え始めた。コンタクトに変えているからこういう顔をしてるとカッコいいけど、残念ながら妄想してるときも同じ表情だったりする。

泡の浮かぶ水面を見ながら、僕もこれからの戦いについて思いを馳せる。久しぶりの試合、しかも練習試合じゃなくて公式戦だ。ルールも覚えたし、ある程度戦略も分かるようになった。後はどれだけ、四人の「目と耳」になれるかどうか。

「玲司さん、烏丸って強いですか？」

初戦は烏丸高校。四チームの総当たり戦、三試合の始めを勝利で飾れれば、波に乗れる。が、玲司さんは「知らないってのはある意味で気楽だな」と苦笑いを浮かべた。

「半年前に戦ったけど相当強いぞ。特に敵将の汐崎さんは『五帝』の一人だからな」

「……五帝？」

「八校で六十人以上がこの競技をやってるけど、その中でも最強クラスと謳われる五人の総称だ」

「そんなのがあるんですね……」

伝説の四天王、的な。

「ちなみに調先輩も五帝の一人だぞ」

「調さんがですか！」

「速い遠投で相手との距離を一気に縮めるから、『縮地』の湯之枝調、って呼ばれてるんだ。予選のこっちのブロックには、調先輩以外にも二人いるぞ。この前戦った雛森の『鉄壁』の駒栗美湖、そして今日戦う烏丸高校の『撃墜』の汐崎隆司だ」

ううん、いちいちカッコいいんだよな。

「まあ、俺らもしっかり練習してきたんだ、普段通りにやれば戦えない相手じゃない」

一息ついて、二人同時にバシャッと顔にお湯をかける。

「そろそろあがるか」

「はい、ご飯食べましょう！」

ゆったりと温泉に浸かった体には、泡がプツプツついて、ちょっと気持ち悪い。体を拭くと、長風呂のせいか効能のせいか、太ももから下は真っ赤になっていた。

　旅館備えつけの薄茶色っぽい浴衣を着ながら、玲司さんの濃紺の浴衣を見る。僕も早く、オリジナルの浴衣を買いたいな。

「おう、くもっち！」

　暖簾をくぐったところの椅子に座って待っていると、緋色さんが駆けてきた。試合用の、法被のような赤い浴衣はキュートで破壊力抜群。

「待たせたな！　ゆーのさんとあかりんもすぐ来るぞよ！」

　おおおおおっ！　やっぱり緋色さんの体はすごいなあ！　これはもう東洋の神秘だね！

「おお、そーちょん、さてはひぃの体に見蕩れているんだな！」

「い、いえ！　決してそんなことは！」

「お待たせ、賑やかだねえ」

　後ろから、花柄の可愛い浴衣を着た雪葉さんが顔を出した。二酸化炭素泉でほんのり色づいた首元もすばらしい。以前、「火照った首や脇には全く違う色の何か、例えば白身魚のムニエルとかハスの葉を挟みたい」とか言っていた玲司さんの気持ちが分からなくも……まずいまずい、思考が毒されてきてるぞ。

「緋色ちゃん、スタイルいいもんね。羨ましいなあ」

「いやいや、雪葉さん！　僕は雪葉さんも、その、すごく素敵だと思いますし……」

「おい爽斗、何急に口説いてんだ！」

「なんだとー！　そーちょん、あかりんを口説いてるのか！　ハレンチな！」

ムンクの叫びみたいに自分のほっぺを手で押さえながら、悶絶する緋色さん。

「なんだなんだ、仲睦まじいな」

龍の柄の黒い浴衣を身に纏った調さんがタオルを首にかけてやってきた。手には空になったコーヒー牛乳のビン。

「待たせたな。じゃあ、試合まではのんびり過ごそう」

「ですね！」

四人一斉に相槌を打った。

「ホントに広いな……」

部屋に戻ってコンビニご飯を食べた後、館内を散歩する。久しぶりの試合、しかも五帝が相手。リーグ戦だから、ここで負けたら後にも響く。色々な意味で負けられない戦いで、緊張を解きほぐすための気分転換だった。

それに、他の四人は去年戦ったことがあるから、今日のバトルフィールドを知らないのは僕だけだ。少しでも知っておけば、試合の中で役立つこともあるだろう。

本館を上から下まで隈なく歩いたうえで別館に渡ると、聞き覚えのある声に呼ばれた。

「あれ、灰島君だあ」

「雪葉さん！」

浴衣姿の雪葉さんが手を振って挨拶してくれる。僕が部屋を出たときにはまだいたから、その後に出てきたのかな。

「ふふっ、戦う場所決めようと思って探しに来てたんだあ」

「そうなんですね。僕も桔梗苑全体をちゃんと見ておこうと思って、これから別館を回るところでした」

「そかそか、じゃあ一緒に回ろ」

そんなわけで、彼女と一緒に旅館を歩くことに。お互い浴衣姿で歩いているだけで、ドキドキが加速する。

一緒にいて改めて思うのは、「雪葉さんって、面白いなあ」ということ。

お土産屋さんを覗いて「ここのお饅頭、美味しいらしいんだよねえ！」と笑ったかと思えば、宴会場を覗いた途端キリッとした目つきに変わって「ここなら二人までなら同時に相手できるかな……」と低めの小声で呟く。そのギャップが楽しくて、思わずくすっと笑うと、宴会場を出て元に戻った雪葉さんは、不思議そうに首を傾げた。

「どしたの？」

「いえ、ガラッと雰囲気変わるなあと思って」

「そっかあ。変、かな……？」

少し困り顔を見せる彼女に、僕は慌てて「いやいや！」と両手を振って否定する。

「そんなことないですよ！　試合のときはカッコいいし、普段は可愛……」

そこまで言いかけて、真っ赤になる。本音とはいえ、何を言おうとしていたんだ僕は。

しかもほぼ言っちゃったようなもんじゃん！　どうやってごまかす？　「普段は可愛い子ぶってるって言おうと思ってました！」とか？　最悪だよ！

　取返しのつかない状況で、おそるおそる雪葉さんを見る。

「……えへへっ、ありがとね」

彼女も顔を真っ赤にして、頬を掻いていた。

「そ、そろそろ戻ろっか」

「で、ですね！」

そこから先は、少しだけギクシャクしながら本館に戻る。エレベーターに乗ると、思った以上に混んでいて、体が彼女とくっつきそうになった。

「こ、混んでますね」

「うん、混んでるねえ」

彼女の微かな、そして素敵な囁き声を耳から吸い込んで、全身が脈打つ。

緊張をほぐすための散歩で、僕は余計に緊張したのだった。

部屋に戻り、残った時間は緋色さんの持ってきたカードゲームで遊ぶ。どうやら、「対戦相手との挨拶および作戦会議は、開戦の三十分前から」というルールがあるらしい。確かに時間で制限しないと、この人たちずっと枕投げのこと考えてそうだしな……

「さてさて、私は持っているでしょうか？」

このカードゲームは対戦型で、相手との駆け引きやブラフが勝負の決め手になる。はずなんだけど。

「雪葉さん……持ってませんね？」

「あかりん、持ってないでしょ？」

「え、え、そんなことないよー？」

僕と緋色さんはお互い頷く。

「はい、持ってない！　カード出します！」

「ひぃも出すぞよ！　さあ、あかりん、どうだ！」

「ちぇっ、持ってなかったよー」

雪葉さんめちゃくちゃ弱い！　全て顔に出る！　真正面から質問したら、駆け引きも何もあったもんじゃない！

「むう、何回やっても勝てないなあ。もう一回やろう」

そして結局勝てず、最後には浴衣の袖で顔をほぼ隠しながらゲームするめちゃくちゃ不審な人になっていた。

騒いでる時間は本当にあっという間に過ぎて、転げまわって笑っているうちに試合開始三十分前になる。

「お、烏丸が来たな！　ひぃが迎えにいくぞよ！」

緋色さんが部屋の扉のノックに反応して開けに行くと、草原のような緑地に白い猫の足跡のような模様のついた浴衣の五人が入ってきた。その先頭に立っているのは、玲司さんより身長の高い、優に百八十センチを超えるスポーツ刈りの男子。

「シーラ、久しぶりだな」

「リュージも久しぶりだな！　みんな、紹介するぞ。烏丸高校枕投げ部の部長で今回の大将、『撃墜』の汐崎隆司だ。ワタシと同じ五帝だぞ」

僕たちに向かってお辞儀する隆司さんは、ギラギラした目つきで凄まじい威圧感。隆司さんもチームメンバーの方を見ながら、調さんを指す。

「お前ら、掛戸の大将、『縮地』の湯之枝調だ。言っとくが、相当強いぞ」

「ふははっ！　お世辞はやめてくれ。リュージと戦ったらいい勝負だ」

「うは、負けるって言わないあたりがお前らしいな、シーラ。半年経ってどんだけ強くなったか、楽しみにしてるよ」

そう言いながら、お互いのメンバー紹介。烏丸高校の残りのメンバーは、男子二人、女子二人。

男子は、アップバングが爽やかな砂元さんと、百五十センチくらいしかない小柄な波待さん。女子は、赤髪ツインテールの風舞さんと、青髪ツインテールの泡花さん。隆司さんが三年生、泡花さんが一年生、残りの三人は二年生と、掛戸と同じ学年構成だ。

「ふふっ、みんな海に関係する苗字だ、面白いなあ」

雪葉さんがクスッと笑いながら言った。波、砂、海風……確かにみんな海に関係する名前だ、スゴいな。

「汐崎、波待……ホントぞよ！　さてはお前ら、海水浴場の回し者だな！」

緋色さんがハイテンションに叫ぶ。なんですか海水浴場の回し者って。

「なあ爽斗、海のサラサラした砂が脚についた女性はなんであんなに男の欲望を煽るんだろう。小さいカニを三匹くらい太ももでレースさせて『やっ、くすぐったい』とか言わせたくなるよな」

「もっと雪葉さんの発見に驚きましょうよ！」

調さん軽く溜息ついてますよ！

「まったく、うちのメンバーも相変わらずだ。じゃあ海の戦士リュージ、予定通り二十四時に開戦といこう」

「よろしくな」

大将同士が握手して、五人が出て行く。同時に、雪葉さんが呟いた。

「……さて、狩りの時間ね」

目つきが完全に戦闘モードになってる。さっきまで、みんなの名前が海に関係するとか言って楽しんでいた人と同一人物ですか本当に。

「よし、これより作戦会議だ！」

調さんが机をドンと叩く。机の真ん中には、館内見取り図。

緋色さん、玲司さん、雪葉さん、そして調さん、全員が口元をぐにゃりと歪める。調さんと緋色さんは使命に燃える怖い戦士の目、雪葉さんと玲司さんは冷静に任務を遂行する怖い戦士の目。結論、どっちも怖い。

「時雲、中継器はどこに設置した？」

「迷ったんですが、広範囲をカバーできるような位置に設置しました。本館二階、トイレ付近の鉢植え裏と、別館六階、露天風呂入口付近の小さい机の下です」

「ありがとう。灯、主戦場は決めたか？」

「ええ、別館の二階から四階あたりですね。ビリヤード台みたいな障害物が多いから、トリックが使いやすいです」

「なるほど、分かった。時雲、指示頼むぞ。灰島、お前の『知りすぎた男』が必要になったら呼ぶからな」

「はい！」

調さんは湯呑みを撫でながら目を細めた。

「リュージをどうやって仕留めるかが問題だ。灯や古桑が早い段階で、他のメンバーを仕留めてくれると助かるな」

「そうですね。緋色ちゃんと協力して、うまく殺れればと思います」

「おう！　ひぃも全力で潰しにかかるぞよ！」

「俺もできる限り雪のトラップに誘導するよ。まとめて複数狩れれば最高だけどな」

キャッキャウフフなテンションで笑えない言葉を連呼する。この会話に関してだけは、僕が思い描いていた青春とちっとも合致しない。

「よし、じゃあ戦の準備だ。各自、時雲からシーバーを受け取れ」

トランシーバーをもらって電源を入れる。この旅館の浴衣には、先輩たちのように胸元の内側にポケットがついてるので、帯に挟まずしまうことができた。

「シーバーのチャンネルは15、グループも15でお願いします」

腕を回しつつ軽くジャンプをしながら指示を出す玲司さんと、それを真似して跳ぶ緋色さんと雪葉さん。癒し目的で来る旅館で、こんなことやってる客はまずいないだろう。

「みんな、今回の枕はそばがらだ。長期戦には注意しろよ」

「大丈夫ですよ、湯之枝(ゆのえだ)さん。私たちもちゃんと練習しましたから」

「確かに。みんなだいぶ慣れたものな」

この一週間、部活ではずっと、そばがら素材の枕で練習してきた。小さくて持ち運びやすいその枕は、反面やや重く、時間が経(た)つと腕の疲労もかなりのもの。長期戦は避けたい。

「よし、行こうか。みんな、手を出せ」

左手に腕まで包帯を巻き、右手に黒いプロテクターを付けた調(しらべ)さんの号令で、五人の手が円陣の真ん中で重なり合う。

「初戦だ、気合い入れていくぞ！　枕に風を！　枕に牙を！　掛戸(かけと)、ファイトーッ！」

「オーッ！」

そのまま、両手に荷物を抱え、スススッと部屋を出ていく五人。

一般の宿泊者はこれから就寝という時間、これからが僕らの活動の本番。

桔梗杯(ききょうはい)予選、烏丸(からすま)戦がスタートした。


お風呂もバーも閉まってるから、出歩いている人はいない。もちろん起きてる人はいるだろうけど、部屋でまったり話したり、お酒片手に騒いだりしてるんだろう。

試合が始まって十数分。飲み込まれそうなほど大きな静寂に包まれて、現在僕は別館の最上階、六階にあるカラオケの看板の横にしゃがんで隠れている。

歩いて探さないと攻められないのも、このままここにいて発見されたら反撃できないことも分かってるけど、一人だとやっぱり何ともいえない恐怖心が襲ってきて足を動かせずにいた。

さて、ここからなら近くの様子は見える。とりあえず誰か来るのを待って――

「……おい」

「ふあっ！」

不意に呼ばれ、枕をスローインのように両手で掲げながらガバッと振り向いた。

「うわっと、俺だよ！」

玲司（れいじ）さんがホールドアップしながら言った。

「う、あ、玲司さん……」

「アブないな、ったく」

「すみません、ビックリしちゃって」

といっても、味方の枕（フレンドリーピロー）に当たるのはアウトにならないけど。冷静に考えるとすごい名前だな、フレンドリーピローって。

「中継器の近くにいようと思ったら姿が見えたからさ」

「あ、別館のこの階に置いたんでしたね」

反対にある露天風呂の入口か。別館は吹き抜けになってないから直進できるんだったな。

「本館より別館の方が電波が入りづらいからな、中継器を別館に設置するのは基本戦略だ。相手も間違いなく、別館に狙いをつけて電源を切りにくるだろう」

なるほど。玲司さんは敵が来るのを待ちつつ、自分も烏丸の中継器を探しに来たってことか。

「玲司さん、敵は見つかったんですか？」

「いや、多分向こうもかくれんぼ状態だな。別館五階か、連絡通路を渡って本館五階か」

真面目な顔で、本館の方に目を向ける玲司さん。試合中はホントにイケメンだなあ。

「このままじゃ埒があかないし、思い切って二人で攻めよう。お前の『知りすぎた男』があれば攻めも守りもなんとかなるだろ」

「分かりました」

二ケ月経っても、この能力名には慣れない。自分で「僕の能力はセカンドサイトだ！」とか言っちゃったら恥ずかしくて前向けない気がする。

「よし、下の階から本館に行こう」

下の階へ移動し、連絡通路を渡って本館五階へ。開始から二十分、トランシーバーには目立った報告は聞こえてこない。これだけ広かったら、調さんが危惧していた通り長期戦になってもおかしくないな。

「さて、敵さんはどこにいることやら……爽斗、ガラスまで行けるか？」

「行ってみます」

小声の指示を受け、吹き抜けの手すりの下、ガラス張りの壁に忍び走りで近づき、ガラスにベタッとくっついて座る。玲司さんは通路で待機。

一階から上まですっぽりくり抜いた、見事な吹き抜け。上下の階も良く見える。

本館は九階までだから、ここはちょうど真ん中のフロアか。ここに留まっていればかなり敵を見つけやすいけど、二人いたら見つかる危険性も高い。あまり長居はできな——

「あっ……」

視線が一点に定まる。一つ下、四階のトイレ付近。微かに動くものが見えた。

「爽斗、いるのか？」

小声を精一杯張り上げて、玲司さんが聞いてくる。

「四階のトイレのところにいるみたいですけど、確証はないです。一般のお客さんがトイレに来ただけかもしれません。ただ、部屋にトイレがあるから、わざわざ外に出る人は滅多にいないと思います」

瞬きの回数をなるべく減らして、目を凝らす。動け、もう一回、動け。

十数秒後、僕の言葉に反応するように、それはもう一度動いた。

二人、しかも、不自然に屈んでいる。トイレに行った人の動きじゃない。

「見つけた！」

「よし、間違いないんだな」

「ええ。二人います」

二対二。先制攻撃を叩き込めば、その後も有利に運べるだろう。

玲司さんが後ろから近づいてきて、僕と同じ姿勢を取る。

「今は観葉植物の近くにいます」

「……ううん、見えない。全っ然わからん。ホント、よく見えるな爽斗。助かるよ」

「とにかく行ってみましょう」

四階までそろそろと下り、半周して観葉植物のところまで向かう。右手で枕を構えつつ、左腕に予備の枕を抱えた。しかし。

「……いないな」

「……いませんね」

トイレの方まで足を延ばしたものの、標的はどこにも見当たらなかった。

「ここに……いたんだよな……？」

なんだ、どこに消えたんだ？　絶対に見間違えじゃない。ってことは、今の時間の間に移動したのか。どこだ、どこに動いた？

落ち着け、あの二人は屈んで観葉植物の方まで移動していた。この近くに隠れてるのか？　違う、それならとうに僕らが狙われてるはず。だとすると……階段。そうだ、植物の近くに階段があった！　階段で下に？　僕らに気付いて逃げた？　いや、あるいは――

「ひょっとして……」

振り返りながら視線を斜め上に。さっきまで自分たちがいた場所を見る。

「玲司さん、見つけました」

肩を枕でトントンと叩いて、顎で五階をクンッと指す。

「……なるほど、向こうも俺たちを見つけて上ってたってわけか」

こっちが北側の階段で下りてる間、あっちは南側の階段で上ったんだ。両側に階段があると、こういう入れ違いも起こるんだな。

さて、ここからどうするか。向こうも今、僕らを探しているに違いない。いや、ひょっとしたらもう見つけてるかもしれ――

「行くぞ、爽斗」

言うが早いか、ものすごいスピードで走り出す玲司さん。とても両脇に枕を抱えてるとは思えない。

「ちょ、ちょっと、玲司さん！」

踵(かかと)で急アクセルを踏んで、追いつきながら話しかける。

「殺(や)られる前に叩く！」

そう言いながら、枕を器用に片手で二つ持って、トランシーバーに小声で叫ぶ。

【こちら本館五階、玲司。二人見つけた、これから爽斗と一緒に追いかける】

南側の階段を駆け上がっていると、荒くなる自分の息の音に混じって、真上からトントンッと小刻みに床が響いた。

「玲司さん、階段でもっと上に逃げてるみたいです！　上から音が！」

「分かった、六階まで行くぞ！　また音がしたら教えてくれ！」

階段を一段飛ばしで上り、音を頼りに結局更に上層の七階まで進んだ。階段を離れてすぐに目に入ったのは、前の試合会場「ホテル雅」にもあったような休憩スペース。そして、そこにあるソファーに今ちょうど身を隠した二人組。

「爽斗、こっち！」

相手と十分に距離をとって、別のソファーを盾に転がり込む。ソファーに背をつけながら時折相手をこっそり覗き込む姿は、枕を拳銃に変えればベタな刑事ドラマの銃撃シーン。思い切って枕を投げてみたものの、僕の枕はソファーに阻まれ、あっけなく攻撃は終わった。

「チッ、銃と違って弾二発しかないんだから、打ち合いは勘弁だな……うおっ！」

お返しとばかりに三連発で飛んできた枕を避けながら、玲司さんがパーマを撫でつつ頬を膨らませてフーッと息を吐く。

「こんなに躊躇なく打ってくるなんて、妙ですね。じっくり狙ってくるかと思いました」

ルール上は一人で枕をいくつ持ってもいいけど、動きやすさを考えると二つ持つのが基本スタイルだ。おそらく二人で四つしか持ってないはずなのに、もう三つ投げてる。この状態だと、枕を拾いに来るのは自殺行為だし……あるいはもっと持ってるのか……？

「応援が来るのかもしれない。早めに片付けないと危ないかもな」

「確かに、それは怖いですね」

僕らが隠れているのは階段の近く。ここから敵が来たら一溜りもない。

「よし、爽斗。一気に攻めよう、いい作戦がある……」

十五秒で伝えられたその作戦に、すぐさま小声で反対する。

「いやいやいやいやいやいや！　無理ですって！」

「大丈夫だ、相手もこっちのことはある程度研究済みだろうから、逆に効果は期待できる」

「そうかもしれませんけど……」

「いいか爽斗。女子三人と違って、俺らはズバ抜けた攻撃技があるわけじゃない。勝つためには、こういう作戦も必要なんだ」

「それにしても、もっといい方法があるかも――」

「いいからやってみろって。細工は流々、仕上げを御覧じろってヤツだ！」

ガシッと玲司さんに腰を掴まれ、無理やり立たされる。奥のソファーから少し顔を出している二人、その肩から上がはっきりと見えた。あのアップバングは砂元さん。小柄な彼女、いや、彼は波待さんだな。

「爽斗、ファイト」

ええいっ！　もうどうにでもなれ！

「フッフッフ、君たち、そこにずっと隠れてるつもりか？」

これは演技だ、これは演技だ、これは演技だ……。玲司さんに言われた通りにしてるだけだからちっとも恥ずかしくない。嘘、恥ずかしい。穴があったら入りたい。枕があったら顔を埋めたい。

「一つ勘違いをしているみたいだから教えてあげよう。君たちのことをここから宙返りで狙えるのは、緋色さんだけじゃないいんだぜ」

相手と僕たちが隠れているそれぞれのソファーの間にも、幾つかのソファーが眠りについている。そのうちの一つに飛び乗り、二ステップ目でソファーの座面をグッと踏んで、宙に跳ぶ。大分高くなった視点から見下ろすと、相手が僕の言葉に反応して、身を乗り出しているのが分かった。

「うりゃっ！」

宙を舞ったまま、足を上に、頭を下に。ほぼひっくり返った状態になって、緋色さんならこの状態でも攻撃に転じられるはず。

ただし、その能力は僕には備わってない。あとやっぱり気付いちゃったけど、宙返りする意味がない。そしてそもそも二、三回転するどころか一回転するだけの勢いもない。

攻撃用の枕を頭の下に掲げたまま、体は残り半回転を待たずして、跳んだばっかりのソファーに叩（たた）きつけられた。

「ぐえっ」

鶏を絞めたような声を立てて、そのままソファーの下にボスンと転がる。上半身のジクジクした痛みと、枕があって良かったという安堵（あんど）に包まれながら、改めて緋色さんのスゴさを感じる。

「いいのか？　向こうにばっかり気を取られて」

玲司さんの声が、相手が潜伏していた場所の近くから聞こえた。続いて聞こえてくるのは、枕が当たる音、そして間髪容（い）れない速い足音。

【こちら本館七階、玲司。砂元（すなもと）は仕留めたが、波待に逃げられた】

とりあえず、「僕がアクションを繰り出して見事失敗し、相手が気を取られているうちに、玲司さんが近づいて枕投げちゃえ」作戦、一応成功……かな。めっちゃ痛い。

「ビックリした。古桑（こそう）さんのアクションに気をつけようとは思ってたけど、君もできるのかと思ったよ」

「へへ……まあハッタリです。気を引ければ何でも良かったんですけどね」

苦笑いしてる砂元さんに、同じく苦笑いで返事する。

「まさかあんなに堂々と失敗するとはなあ。すっかり集中力切らしちゃったよ」

「体張った甲斐がありました」

芸人並に体痛めました、はい。

「じゃあ、頑張って。汐崎先輩は強いよ」

「大丈夫です、調さんも強いです」

お互いの大将を讃えつつ握手する。アウトになった砂元さんは、枕を持って部屋に戻っていった。

【桑、爽斗はナイス宙返りだったぞ。俺が砂元を消すために気を引いてくれた】

【おお、そーちょん宙返りできるようになったのか！　すごいぞよ！】

【できてないです！】

玲司さん、誤解されるようなこと言わないで下さい！

【波待は上の階に逃げたんだけど、別の仲間を呼ぼうとしてた可能性もある。狗は高層階に群れてるかもしれないな。雪、トリックプレーするときは挟み撃ちに気をつけろ】

【なるほど、あまり騒ぐ狗は感心しないわね。湯之枝さん、湯之枝さんが高層に陣取ることが多いこと、向こうに知られてる可能性もありますね】

【まあ、ワタシもそこまで弱くはない。ただの狗なら蹴散らすまでだ】

ねえ、皆さん。どさくさに紛れさせるわけでもなく、はっきりと敵の高校生を狗呼ばわりしてますよね。雪葉さんも調さんも、一応女子ですよね。

【とりあえず俺らは別れて行動しようと――】

　バンッ！

　僕の真向かいにいる玲司さんの僅かばかり後ろに、枕が鋭く飛んできた。

「爽斗！　逃げるぞ！」

　僕が反応するよりも早く、怒鳴るように叫んで階段に走りだす玲司さん。目をカッと見開くその表情は、いつもの試合中の冷徹にも見える笑みとは全く違うものだった。

「急げ！」

「は、はい！」

　ダッシュで玲司さんを追う。いつもは足袋のせいで少しだけヒンヤリ感じる足も、何も感じない。地面への接着時間が短いからか、狙われることへの怖さからか。

　その足に向かって、バンッと枕が飛んできた。

「うわっ！」

　間一髪で当たらずに済んだ。誰かが僕らを狙っている。誰だ、誰が狙ってるんだ？　砂元さんたちとの戦闘に夢中で気配に気付けなかった。くそっ、まさか敵がいたなんて！

　逃げなきゃ、逃げなきゃ、逃げなきゃ！　早く逃げなきゃ！　怖い、怖い、怖い！

　重い枕を二つも持ってることなんて意識の外に置きざりにするほどの全速力、陸上部のようなストライドで、七階から五階まで一気に下りる。

「ハァハァ……うくっ……玲司さん、さっきのは……」

「上からか同じフロアからかは分からないが……ハァ……狙われたな。危うく殺られるところだった」

二人で通路途中の窪みに倒れこむ。急な疾走と「いつまた襲われるかも」という恐怖心で、動悸はしばらく止みそうにない。

「よし……少し様子を見よう。ひょっとしたら……追ってくるかも……ハァ……しれない」

息を整えつつ二、三分経ったが、追撃は来ない。どうやら追い討ちはないようだ。

【こちら本館五階、玲司。さっきはすまなかった。急に狙われた。無事に逃げたぞ】

【そっか、無事なら良かったぞよ！】

緋色さんの明るい声。聞いてるだけで表情が浮かんできて、元気になる。

と、その元気を打ち消す、低いトーンの声が聴こえてきた。

【こちら、本館一階、灯。あの……ちょっと……非常灯もない暗い通路に来ちゃって……】

【こちら灰島、僕がヘルプに行きます！】

気付いたら、作戦も許可も構わず、条件反射的に答えていた。だって、僕の耳にはちゃんと感じ取れたから。雪葉さんの声が、少しだけ震えていたことを。

【こちら玲司。オッケー、雪、爽斗を送るよ】

【あり、がとう。灰島君、東側の……廊下にいるね】

　そう言い残して、雪葉さんは通話を終える。玲司さんに「勝手に決めてすみません」というと、大きく首を振った。

「雪はうちのエースだからな。暗所が苦手なんて気にならないくらいの強さがあるけど、その弱点がお前の力で軽減するなら猶更ありがたいってことよ」

「あの、気になってたんですけど、なんで雪葉さんがエースなんですか？　調さんも緋色さんも強いですけど」

「ああ……なんていうか、桑のアクションとか調先輩のパワーとか、すごく超人的だけどさ。でも、雪のが一番未知数だろ？　次に何が出てくるか分からない。だから敵も対策のしようがない」

「なるほど、確かに……」

　敵からしたら攻撃が読めない怖さがあるのか。

「あれだけ練習してるから、基本的な攻撃や防御のレベルも相当高いしな。それに、調先輩がどっしり構える主将で、桑が序盤から引っ掻き回す切り込み隊長ってイメージだから、やっぱり雪の位置づけはエースだよ。ってことで、サポート頼むぞ」

「分かりました、行ってきます」

　行こうとする僕を「ちなみに」と呼び止め、玲司さんが目を細める。

「雪(ゆき)の周りは死と隣り合わせだ、気をつけろよ」

「……わかりました」

雪葉(ゆきは)さんも調(しらべ)さんのこと同じように言ってた気がしますけど。何ですか、うちの部員みんな死と隣り合わせなんですか。

僕もいつか隣り合わせるのかと若干不安になりつつ、本館一階に向かった。


「灰島(はいじま)君、あの……ごめんね」

「いえいえ、大丈夫でしたよ」

本館一階、真っ暗な東側の廊下で、壁にくっつくように立ち、静かに呼吸を繰り返す雪葉さんを見つけた。

暗い中、一人でここまで向かってくるのも、彼女が待っていると思うと怖くはなかった。

いや、ちょっとだけ嘘(うそ)。敵がいたらどうしようかと思った。

「大丈夫ですか？」

「うん……うん……まだダメだね、もう少し待って」

枕を持つ手がカタカタと震え、臨戦態勢に見えるその立ち姿に隠れた強がりを知る。暗がりでも僕にはしっかりと分かるその色白の顔は、心なしか青白くさえ見えた。

「大丈夫です、待ちます。敵が来たら、僕が教えられるので」

「ありがとう……そう思えるとリラックスできる」

こうしている彼女を見ると、やはり一つの疑問が鎌首をもたげてきてしまう。なんで彼女は暗所が苦手になってしまったのか、そしてなぜこの部活に入ったのか。

「あの……雪葉さん、訊いてもいいですか？」

「枕投げ部に入った理由、かな」

察しの良い雪葉さんは真顔で僕を見つめる。無言で頷くと、彼女は小さく息を吐いて、話し始めた。

「小学校の頃、両親がしょっちゅう夜にケンカしてたの。怒鳴ってる声が聞こえてきて眠れなかったんだけど、寝てるように見せないといけないでしょ？　だから、寝室を真っ暗にして寝たフリしてたの。声がなるべく聞こえないように布団被ったりもしたしね」

「そんな、ことがあったんですね……」

僕の両親は仲が良いけど、頻繁にケンカしているところを想像すると、雪葉さんの気持ちが分かる。両親に「子どもが聞いてるんじゃないか」という余計な心配をかけないよう、必死で寝たフリをしていたんだろう。

「変なこと訊いちゃってすみません」

「ううん、気にしないで。両親も今は仲直りしてケンカもほぼしなくなったし。でも暗い場所にいると、あのときの不安とか寂しかったこととか思い出して、パニックになっちゃうときがあるの。ちゃんと診察したわけじゃないけど、症状の軽い暗所恐怖症、みたいな感じなのかな。この白い髪も、そのせいみたい。ここだけ髪の色が抜けちゃってね」

触角のようになっている真っ白な髪を指す。それは、染めたんじゃなかったんだ……。

「だから、苦手になってるのを克服したくて」

「え……ひょっとして、そのために枕投げ部に入ったんですか？」

「うん。暗いのが苦手って不便だしさ。それに成長したからこそ、過去の私が辛いと思ってたことにちゃんと向き合いたいと思ったの。それで、たまたま湯之枝さんが枕投げ部を作ったことを知って入部したんだ。そしたらすっかりこの競技にのめり込んじゃって」

最後の部分だけ、雪葉さんは少しだけ楽しそうに話した。でも、その恐怖がずっと付きまとっていることを、微かに震える手が雄弁に語る。

過去の辛い記憶がフラッシュバックして、暗所が苦手になってしまっている。そして今、それを乗り越えたいと思っている。そんな彼女の言葉を耳にして改めて僕の中に浮かんだのは「力になりたい」というシンプルな願いだった。

叫び出すようなパニックではない。恐怖症と呼ぶにはちょっと大げさすぎるのかもしれない。それでも、これだけ不安がっているのだから、力になりたい。

「雪葉さん、僕が目と耳になりますから。安心してくださいね！」

そう宣言すると、彼女は一瞬、大きく目を見開き、「ありがと」と口角だけをクッと上げて微笑を浮かべた。

「お待たせ、大丈夫。もう狩れるわ」

「戻って良かったです」

ふうっと大きく溜息をつく彼女は、いつものクールな目に戻っている。これならしっかり戦えるだろう。

「雪葉さん、カードゲームのときもその表情だと強いんでしょうけどね」

「そう？　じゃあ枕持ちながら戦ってみようかな」

軽口に冗談を返してくれる。試合中でもこんな風に話せるのは、距離が縮まっている証拠みたいで素直に嬉しい。

【こちら灯、無事に灰島君と合流できたわ】

トランシーバーで報告すると、すぐに緋色さんから返信が返ってきた。

【あかりん、良かった！　ひぃは今ちょうど、本館二階で敵を一人見つけたけど逃がしちゃったぞよ。近くにいるはずなんだけど……そーちょん、探すの手伝ってくれないかな？】

【あ、本館二階ですね。すぐ行けます、雪葉さんも一緒です！】

【ありがと！　じゃあ二階のお土産屋の近くで待ってるぞよ！】

雪葉さんと顔を見合わせて頷き、近くの階段を上って二階へ。

格子状のシャッターがしまっているお土産屋の近くを少し歩いたものの、緋色さんが見当たらない。雪葉さんもきょろきょろと辺りを見回している。どこにいるのかな……。枕を床に置いて、トランシーバーを取り出そうとすると、イヤホンの外から声が聞こえた。

「そーちょん、あかりん、こっちこっち！」

「……緋色さん？　どこにいるんですか？」

「こっちぞよ！」

「……どわっ！」

思わず素っ頓狂な叫び声をあげる。店の目の前、葉っぱを載せたタヌキの信楽焼の隣に、同じくらいの大きさの高校生がちょこんと膝立ちしていた。

「まったく、どこ見てるぞよ！」

金髪と青色のリボンを揺らして、ハムスターのように頰を膨らませている。置物と並んでここまで目立たない人も珍しいぞ……。

「……なんか、緋色さん置物みたいですね」

「緋色ちゃんは、うん、そうね」

「なんだとーっ！　よく見てみるぞよ！　ひぃはこのタヌキよりも大きいんだぞ！」

緋色さんこそよく見て下さい。そのタヌキは小学生サイズです。

「それで、緋色ちゃん、敵がいたって言ってたけど」

「うん、四、五分前にこの近くにいたんだ。挨拶代わりに投げてみたけど、躱されたぞよ」

緋色さんが後追いしてないことに気付いているとしたら、まだそこまで遠くには逃げてないはず。闇雲に動いても他の敵に遭遇しやすくなるだけだから、ある程度移動スピードは抑えるだろう。とはいえ、階段を使ってたら結構動いてるかもしれない。

「とりあえず、この階からゆっくり回ってみましょうか。見つけたら僕から教えるんで」

「すごいぞよ！　そーちょん、どんな音でも拾えるの？」

「いや、実は話し声は難しいんですよね。口元隠されたり囁き声だったりすると拾いづらいですし、山で動物探したりしてたから足音とかの方が得意です」

「なるほど、『知りすぎた男』は頼もしいぜ！」

そこからは張り込みの如く、曲がり角に来ては止まって奥を確かめながら、三人で進んだ。いつ敵と鉢合わせてもいいように、枕は常に右手に構えておく。

でも、正直敵がどうとか言ってる場合じゃない。摺り足を急に止めると、後ろにいる緋色さんの胸が当たりそうになる！　雪葉さんの浴衣が少しズレてちらりと脚が見える！

わざとじゃない、わざとじゃないよ！　このひらひらの服装のせい、いや、服装のおかげです！　浴衣は日本の心だね！　少し落ち着け灰島爽斗。

……ポフッ
舞い上がった僕を試合に呼び戻す、一瞬の音。

「雪葉さん、緋色さん、今の音」

「灰島君、音が聞こえたの？」

「はい、微かにですけど……ひょっとしたら枕の音かも」

持ってる途中で、置いたか落としたんじゃないか。

「行ってみましょう、こっちの方向です」

気が急いているせいか、さっきの張り込みモードより幾分大胆に進んでいく。音がした方向には、別館へ向かう通路があった。

「あっ、あれ」

雪葉さんが遠くを指差す。別館に向かう人影が揺れていた。

「灰島君の耳が正しかったわね。背が小さかったから、波待君だと思う」

波待さん、さっき砂元さんと一緒にいた人だ。

「うしっ、袋のネズミだ！　みんなで行って叩きのめすぞよ！」

三人で連絡通路を渡り、別館に行く。本館よりも闇が深いように感じられるその場所に見えてきたのは、お土産屋に使われていた横長の格子状と違って、縦長の格子状のシャッターで閉ざされたゲームセンター。

UFOキャッチャーのランプがパッパッと明滅する、その隣のシャッターに寄りかかり、波待さんはこっちを向いて一人で立っていた。

「三人がかりなんて、ひどいなあ」

雪葉さんよりも低い身長、百五十あるかないかの男子。前髪はかなり伸びていて、表情はよく見えない。枕を二つ持ってお手玉みたいにポンポンと遊んでいる。

「君、灰島君だっけ？　さっき時雲君と一緒にいたね。君から投げてごらんよ」

よっぽど余裕があるらしい彼の挑発に敢えて乗り、思いっきり振りかぶって投枕する。

「よっと！」

そばがらで重い分、勢いをつけて飛んでいった枕は、助走なしの前方宙返りによって簡単に躱された。

枕を握ったまま、スーっと強く息を吸った雪葉さんが、クッと右側の口角を上げる。

「緋色ちゃんと同じタイプってことね」

「ふふっ。ナミー、面白いぞよ」

敵の避けるスピードと同じくらいの速さであだ名をつけ、緋色さんが笑う。

「古桑さん、君の金髪は暗いところで見てもはっきり分かるね」

波待さんもクスクス笑っている。相変わらず、どんな目をしてるかは見えないまま。

「まあ、楽しくいこうぞよ！」

二つのうち片方の枕を置いて、緋色さんは走り出した。途中でバッと横に飛びながら、枕をシュルルッと足に向かって投げる。

「僕も負ける気はないけどね」

波待さんはそれを高い垂直跳びで躱し、その体勢から枕を放る。ほぼ伏せた状態だった緋色さんは、バク転で避け、敵の枕を拾って投げ返す。敵はフフッと笑いながら、柱を駆け上がって跳んだ。

しなやかに着地した波待さんは、置かれた枕を二つ拾い、体勢を立て直しながら投げる。緋色さんはすかさず片手で側転して、枕を壁に逃がした。落ちた枕をすぐさま拾い、緋色さんが放った枕はしかし、たった今の動きを真似するかのような相手の側転で躱された。

「すごい……」

自分の口から思わず小声の呟きが漏れる。

身軽な二人の華麗な勝負を目の当たりにし、黙って横から見守る。僕が今投げたところで避けられてしまうだろうし、緋色さんの攻撃ペースを乱してしまうのも憚られる。何より、今の一騎打ちに加勢するのは野暮な気がして、静観を決め込んでいる。それはきっと、横で見ている雪葉さんも一緒の気持ちなのだろう。

他の敵を探しにここを離れた方がいいのかもしれないけど、あまりにも二人の戦いが綺麗で華麗で、正直目を離したくなかった。

「なかなか決着つきませんね」

三、四分くらい経っただろうか。緋色さんも波待さんもノンストップで戦いを続けている。緋色さんがサイドスローで床を這うように投げた枕を、前方宙返りで躱す波待さん。

お返しに緋色さんの胸元に投げられた枕を、彼女は瞬時にしゃがみこんで避ける。

これが枕投げなのか……枕投げってこんな鮮やかなスポーツだったのか。中学のときに京都の旅館でやったのは何だったんだ……。

「うりゃっ！『回って放って』ぞよ！」

強烈な勢いで地面を蹴り、幾重にも重なる前方宙返りをする緋色さん。三回転半くらいで、丸まった体から卵を産むように枕が飛び出て、そのまま波待さんに向かっていく。学校での練習でも何度も見たけど、やっぱり「回って放って」の威力はすごい。

「くくっ」

しかし、波待さんは垂直に跳んで二回転の前方宙返りをしつつ、攻撃を躱す。笑いながら、「僕も似たようなことはできるよ」と言わんばかりのアクション。

跳んでいる間に、緋色さんは彼の後ろに移動していた。よし、着地して向き直る前に——

「僕の番だね」

後ろを向いたまま、緋色さんの方を見ることなく、彼は左腕を背中側に旋回させる。いつの間にか宙に放っていた枕に裏拳がヒットし、枕を構えようとしていた緋色さんに襲いかかった。

「どわっ！」

倒れ込むように避ける緋色さん。旋回した勢いのまま体を反転させ、彼は緋色さんと向き合った。

「『裏見っこなし(バックハンド)』、僕の技も結構良(い)いだろ？」

「……うん、やるぞよ、ナミー」

敵も技名つけてるのかよ！　でもってみんなネーミングセンスすごいな！

「古桑(こそう)さん、仕留められそうな気がしてきたよ」

「ふん、ひぃにはあかりんとそーちょんがついてるぞよ。軽く見ないでほしいね」

ニッと笑う緋色(ひいろ)さん。半笑いの口に鋭い眼光、さながら獲物を見つけた肉食動物。

「そこの二人のことかな？　悪いけど、あの二人が攻めてきても、スローな攻撃なんか僕には当たらないよ。君こそ僕を軽く見ないでくれるかな」

「痛い目に遭っても知らないぞよっ！」

枕を持って一気に突っ込んでいく緋色さん。一瞥(いちべつ)もされずにバカにされたけど、反論できない。今の僕の攻撃なんか、波待(なみまち)さんは片足でも避(よ)けられるだろう。

「うおりゃ！」

高いジャンプから繰り出した枕を、波待さんはスライディングをしながら避け、そのまま持っていた枕で反撃する。

緋色さんは着地と同時にバク転で反撃をかわし、地面に戻した足で落ちてる枕を上へ蹴り上げ、掴(つか)んですぐさま投げる。その枕はリンボーダンスのように上体を反らした敵の上っけなく過ぎていく。

　多種多様なアクションの応戦。食い入るように見ていると、時間が一分、また一分とあっけなく過ぎていく。

「なんか……長引きそうですね……」

「そうね、枕が重いのが原因かも。二人とも身軽な分、力はあんまりない。そばがらは結構重いから、どうしても投げるスピードは調さんみたいに速くできないのよ」

　試合を解説するかのように、少し大きな声で話す雪葉さん。聞こえているはずの緋色さんと相手にはさすがに疲れが見え始めていて、肩で息をしていた。迂闊に攻め入られないようにするためか、二人の間の距離は十メートル以上広がっている。

　視線を少しこっちに向けている敵に、雪葉さんが続けた。

「ねえ、波待君、アナタも高速じゃない弾なら、軽々とアクロバティックに避けられるんだよね。じゃあ……」

　そう言って、持っていた枕を構えて上手から投げる。

　ヒュッ　バンッ！

「なっ……！」

手を離れた枕は、緋色さんたちが投げてた倍以上の速さで相手の肩の横を掠めた。

……え、何が起こったんだ？　なんで雪葉さん、あんなスピードで投げられるんだ？

「なん……なんで……っ！」

敵も想いは同じらしい。風で髪が揺れてようやく現れた彼の目は、大きく見開いていた。何が起こったか分からず、動きを止める敵。そして、その一瞬の隙を、緋色さんが見逃すはずがない。

「ナミー、相手はこっちぞよ！」

助走をつけた緋色さんが、地面を蹴って高く跳ぶ。

しかし、今度は回らない。驚くような高度の幅跳び。跳んだ勢いのまま、駆けるように両足を動かした。緋色さんにだけ渡れる透明な橋があるかのように空を走り、六、七メートルあった波待さんとの距離を一気に縮める。

「やっ！」

空中闊歩の着地前に投げた枕は、ボフッと相手の膝に当たった。

「やったぞよ！」

喜ぶ緋色さんに、雪葉さんと一緒に駆け寄る。

「緋色さん、すごかったですね、今の技！」

「ああ、今の？」

「久しぶりに見たわ。緋色(ひいろ)ちゃんの『愛ある月面歩行(ハネムーンウォーク)』」

「アレがギリギリできる間合いを保ってたからね」

やっぱり名前あるんですね。しかもカッコいい。

と、そうそう。注目してたのはそこじゃなかった。

「どうして、あんなスピードで……」

雪葉(ゆきは)さんが投げた枕を呆然(ぼうぜん)と見る波待(なみまち)さん。

「ふふ、それね、枕じゃないの」

雪葉さんが相手の横を通りすぎ、枕、否(いや)、枕じゃないと呼ぶ何かを拾う。

「私が作ったニセ枕。予備のシーツを丸めて作ったの。パッと見は分からないでしょ？」

……ん？　シーツで作った枕？　あっ、それ、前に僕が電話で話したアイディアだ！

半分冗談で言ったつもりだったのに、ホントにやってくれたんだ！

「『彼女の隣に偽枕(シーサイドシーツ)』。まあ、当たってもアウトにはならないから、驚かせるしか効果はないけどね」

そっか、だから敵に当たらないギリギリのところを狙ったんだな。

「どうだナミー、音でお前を見つけたそーちょんと、トリックプレーのエースあかりんだ！　ナメてもらっちゃ困るぞよ！」

ビシッと指を差す緋色さんに、波待さんはまた目を髪で覆ってクックッと笑った。

「そうだね、悪かった。次戦うときはタイマンで確実に消していくよ」

言いながら、枕を持って別館の階段を上がっていく。よし、これで五対三だ。

「あかりん、すごいぞよ！　ナイスアイディア！」

「ふふ、灰島君にもらったアイディアなんだけどね」

「そっか、そーちょんナイス！」

死闘を制して上機嫌の緋色さんが、トランシーバーを口に近づける。

【こちら別館二階、緋色ぞよ！　ナミーを倒したぞよ！】

【おお、そうか！　古桑、よくやったな】

【いえいえ、ゆーのさん！　あかりんがすっごいトリックを使ったおかげです！】

【ふははっ！　そうか、ステキなトリックか！】

調さんの元気な声が迎える。うん、チームの士気もバッチリだ。

【こちら玲司。今、桑と雪と爽斗が一緒にいるんだよな？】

【こちら灯。うん、たまたまね。玲司君、私たち、またバラバラになって行動するから】

【ああ、何かあったら連絡してくれ】

通信を終えて、改めて三人でハイタッチをしようとした、その時。

トンッ
渡り廊下からしっかりと足音が聞こえた。消そうという意志が感じられないその足音は、さながら「今から行くぞ」という宣戦布告。

「足音、鳴ってますね」

「うん、ひぃにも聞こえるくらい大きいぞよ！　じゃあ、隠れないで待ってようか」

「そうね。堂々と来てもらってるみたいだし、ちゃんと迎えてあげましょう」

やがて、耳に届く足音は分裂を始め、相手が一人でないことを知った。

「ソラりん、見て？　波待君、一人も仕留められなかったみたい」

「ホントだね、レミちゃん」

僕たちの前にやってきたのは、女子二人。赤いツインテールの風舞さん、青いツインテールの泡花さん。二人とも同じくらいの背丈で、お揃いの赤いブレスレットを右手首につけていた。

「私は二年の風舞礼美よ、よろしくね」

「私は一年の泡花空愛、レミちゃんの彼女」

言いながら、レミさんの隣にピッタリとくっついた。

なるほど、彼女かあ……彼女？

「か、彼女だと――っ！　き、き、君たち、つ、つつつ、付き合って、て、てて るのか！　お、おおお女の子同士で！」

バグったかのようにスクラッチしながら話す緋色さん。よく見ると、ティッシュで拭くと色が移りそうなくらい真っ赤な顔になっている。

「そうよ。別にいいじゃない、男だって女だって。染色体と体のつくり以外、何が違うわけでもないし。ね、ソラりん？」

「そうそう。私たち二人がお互いの良さを分かってればそれでいいのよ、レミちゃん」

　二人で「ねー」と声を揃えた後、ペタッとハグをする。緋色さんは首まで緋色になった。

「試合中にイチャつくな、このドレミコンビ！　さっさと枕構えるぞよ！　首から下無くしてやるぞよ！」

　ソラとレミ、確かにドレミコンビだな、ウマい。って緋色さん、最後の言葉怖すぎます。

「さて、戦おっか、ソラりん」

　ブレスレットを軽く撫(な)でて、枕を構えるレミさん。

「うん、やっちゃおう、レミちゃん」

　ソラさんはブレスレットにサッと触れた後、枕を床に置く。微笑(ほほえ)んでいるのか、不敵に笑っているのか、口を弓張月(ゆみはりづき)のように曲げながら、レミさんの後ろについた。

「あかりん、そーちょん。向こうの攻撃かわしたら、三人で叩(たた)き込(こ)むぞよ」

　後ろにいる僕らに振り返らずに、緋色さんが低い声を出した。

「私たちの『一対一双(ツインツイスター)』、簡単に躱(かわ)せると思わないでね」

　前にいるレミさんが枕を上に振りかぶって、投枕(とうちん)のモーションに入る。

「ひぃを倒すなら全力でくるぞよ！」

緋色さんもバク転の体勢に入ろうとしていた。

「いくよっ！」

………え？

レミさんが声を出した瞬間、上に持っていた枕が突然消えた。な、何だ？　もう投げた？　いや、飛んできてないぞ？

脳をフル稼働させてあらゆる可能性を考える。

ヒュウッ！

次の瞬間、後ろにいたソラさんの青髪が揺れ、彼女の手から高速で何かが飛び出してきた。それはおそらく、いや間違いなく、相方の手から奪った枕。

「緋色さん！」

「おわっ！」

叫ぶと同時に緋色さんを押し、軌道上から外す。

「イテテ……そーちょん、ありがと」

「すみません、急に」

「いや、大丈夫ぞよ」

レミさんの持っていた枕が消えてからソラさんが投げるまで、一秒もかかってない。完壁な連携プレイだ。

「ふふ、ビックリしたでしょ？」

　無邪気に笑うソラさんに向かって口を開く。

「今の技が『一対一双』ですか」

「ちょっと違うわね。えっと……灰島君、だっけ？」

　左腕で抱えた枕を右手でトントンと叩きながら、レミさんが続けた。

「技っていうより能力かな。時雲君の『脳内俯瞰』に近いわね。私とソラりんのコンビネーション攻撃は、二人の息がこれ以上ないくらい合ってるから可能なの」

「なるほど。じゃあ片方を崩しちゃえば、もう片方はあっさり狩れるってことね」

「そういうことぞよ」

　掛戸の二年生女子コンビがフフッと笑う。

「あらあら、怖いこと。まあ、もう一発受けてみてよ！」

　そう言ってブレスレットを触ってから、レミさんはもう一度枕を振りかぶった。

　すぐに立ち上がる緋色さん。僕と雪葉さんも、手品を見破ろうとするかの如く枕を凝視する。くそっ、またソラさんが投げるのか？　それとも、裏をかいてレミさんが普通に投げるのか？

「それっ！」

振りかぶったレミさんが、真っ正直に、真っ正面に枕を投げてくる。

さっきのソラさんより早く鋭い枕は、まっすぐ緋色さんを追いかけた。

「ほいっ！」

事も無げに、バク宙でよける緋色さん。そして、枕の端を持って――

ボフンッ
「あ……」

声に気付いて横を見る。避けたはずの枕と別の枕が、緋色さんの足元に落ちていた。

今の音は、残念だけど間違いない。緋色さん、当たったんだ。

「緋色ちゃん！」

すぐに状況を把握して、投げるのをやめる雪葉さん。

「レミちゃん、やったよ！」

「すごいわ、ソラりん！」

掛戸のアクロバティックプレイヤーを瞬殺したカップルは、抱き合って喜んでいる。

そうか、レミさんがわざと大げさなモーションで投げたと同時に、ソラさんもアーチ状に高く投げたのか。クソッ、クソッ、全然気が付けなかった。こんなの、目がいくら良くたって意味がないじゃないか！

「くそう、まんまとやられたぞよっ！」

座り込んで、悔しそうに枕をポカポカ殴る緋色さん。

いつものクールな表情を崩さないまま、雪葉さんが声をかける。

「緋色ちゃん、ごめんね。私ももっと気をつけてれば死なせずにすんだのに……」

「いいの、あかりん。ひぃが気付かなかったし、お見事って感じぞよ。殺されても文句言えないや。そーちょん、後は任せたぞよ。死んだひぃの分まで頼むね」

「…………はい」

何この「幽霊が一時的に生き返って挨拶に来た」的なワンシーン。

「さて、これでこの場は二対二ね」

「どうする？　どっちからかかってくる？」

部屋に戻っていく緋色さんをチラッと見ながら、ソラさんとレミさんが嬉しそうに話す。

マズいな、思った以上に手強いぞ、この二人。しかもこの場所には、雪葉さんがトリックを使えそうなものもないし、ゲームセンターから大分離れてしまったので隠れての戦闘も難しい。

「灰島君、逃げるわよ。枕持っておいて」

僕にしか聞こえないくらいの小声で呟く雪葉さん。その手には枕ではなく、トランシーバーを持っていた。トランシーバー？　これから逃げるのに、何に使うんだ？

雪葉さんはトランシーバーに顔を近づけ、視線は二人を捕らえたまま口を開いた。

「湯之枝さん、今です！」

瞬時に後ろを振り向く相手の二人。

「さよなら」

同時に、雪葉さんが枕を持ち、脱兎の勢いで階段の方へ逃げ出す。条件反射のような速さで作戦に気付き、同じように猛烈なスピードで追いかけた。

後ろから「あっ！」という声がする。

「雪葉さん……アレって……」

「ブラフよ。効果覿面だったわね」

僕と違って、全く息切れせずに答えながら階段を上る雪葉さん。ブラフ……嘘ってことか。トランシーバーってあんな使い方もできるんだな。さすがトリックプレイヤーだ。

【こちら灯。今別館五階の喫煙スペース。玲司君、緋色ちゃんがやられた】

【分かった、ってことは、こっちが四人で向こうが三人か】

【向こうの女子二人、コンビネーションプレイで結構強いわ。私も一旦立て直す】

【正面から当たらないのが得策か……】

喫煙スペースでしゃがみこみ、玲司さんと会話しながら作戦会議。ううん、確かに狙撃とかで倒せれば一番良いな。

【とりあえず、私と灰島君も別れて行動しようと——】

雪葉さんが言葉を遮る。下のフロアから音が上ってきた。

トンッ……トンッ……

「灰島君、逃げるわよ」

「は、はい！」

別館五階から連絡通路を渡りきり本館へ。そこからさらに八階まで上った。

「なんで私たちがいることがバレたんだろう。あの女子コンビに跡つけられてたかな？」

「いえ、追走する音は聞こえませんでした」

【おい、大丈夫か雪。今どこだ？】

イヤホンの中で心配そうな声を出す玲司さん。

【今、本館八階の非常口近く。さっきはレミさんとソラさんに強襲受けたわ】

【つけられてたってことか？】

【灰島君も足音聞こえなかったって言ってるし、それはないと思うんだけど……ねえ玲司君、このまま二人で行動した方が良いかな？】

また作戦会議が始まる。会議の内容は後で雪葉さんに聞けるから、僕は僕のやるべき仕事をしよう。

イヤホンを外し、耳をすませる。何かがリーンと鳴っているような感覚が襲ってきて、すぐに止む。雪葉さんの声、雪葉さんのイヤホンから僅かに漏れる玲司さんの声。その二つを意識外におき、聴覚の糸をフロアの中に延ばしていくイメージ。

十数秒して、足音が聞こえてきた。しかも、一人じゃない。

「雪葉（ゆきは）さん、下から来ます」

「灰島（はいじま）君、本当？　今来たってことは、やっぱりすぐに追ってきたわけじゃないってことだよね？」

「そうですね」

「ってことは敵は……」

目線を思いっきり上にして、考えを巡らせる雪葉さん。やがて彼女は、フッと小さく鼻を鳴らして笑った。

「もう一回逃げるわ、灰島君」

「え、あ、分かりました。九階まで上がるんですか？」

「最上階は避けたいわ、袋のネズミだからね。向こうから下がる」

足音が大きくなる前に、こちらも音を立てないように逃げ出す。

フロアの反対側にある階段で本館四階まで一気に下り、更にフロアを歩いて階段から離れた。パソコンが置かれているスペースに身を隠す。電源は切られていて、「インターネット有料」という細い紙がモニターの横に貼られていた。

「雪葉さん、何か分かったんですか？」

「まあ見てて」

口元をキュッと上げて笑みを浮かべながら、トランシーバーに手をかける。

【こちら、灯雪葉】

フルネーム……？　あ、そうか、盗聴か！

【コード、オール2。今は本館二階にいるわ】

チャンネルやグループを変えずに、偽の報告をすることで相手を撹乱させる。コード2にしたので、実際は申告より二つ上、四階にいることが僕たちにだけ分かる。

【オッケー、分かった】

玲司さんも心無しか声が弾む。僕たちが狙われていた謎が解けたからだろう。

「盗聴だったんですね」

「多分ね。確証はないけど」

枕を置く雪葉さんに話しかける。

「灰島君が足音聞いてないって言うなら、きっと跡つけられたんじゃないからさ。そこは、灰島君の耳を信じてる」

「へへ、ありがとうございます」

こんなに信頼されると照れるけど、素直に嬉しい。

そして、しばらく待っても、レミさんソラさんペアは現れなかった。

「やっぱり盗聴だったのかな。あの赤鬼・青鬼、今頃二階でウロウロしてるのかしら」

いや、鬼って何ですか鬼って。

【こちら本館一階、湯之枝調。灰島、応答してくれ。お前、二階にいるんだな?】

雪葉さんとこの後の動きについて話していると、調さんに呼ばれた。

【は、はい、こちら灰島爽斗。二階にいます】

盗聴対策は継続中。実際は調さんは三階、僕は四階にいる。

【よし、好都合だ。灰島、ちょっとコンデスの前に来て、ワタシと合流してほしい】

【あ、はい、すぐ向かいます】

置いていた二つの枕を抱えながら、お別れの挨拶。

「灰島君、生きてまた会いましょう」

「だからなんでいちいち命が懸かるんですか」

真顔で言わないで下さい。

「じゃあ雪葉さん、また」

「うん、またね。あ、あと灰島君」

振り返った僕に、クールな彼女は枕を持ったまま微笑みを投げかけてくれた。

「助けに来てくれてありがとね」

「……いえ、僕が来たかっただけです」

彼女が戦う手助けができたのなら、それで十分だった。

「よし、着いた」

階段を下りて、コンデス、即ちコンシェルジュデスクに到着した。

これだけ広い旅館だと、毎回フロントに行って質問やお願いをするのは大変だし、電話での対応にも限界がある。そこで桔梗苑では、各フロアにコンシェルジュと呼ばれる総合お世話係みたいな役を置いている。彼らが常駐している、教壇のような机がコンデスだ。

デスクについたものの、まだ調さんは来ていなかった。誰もいない机の前で、なるべく目立たないように縮こまって座る。目立つ場所だから、あんまり長い時間ここに留まってたくないんだけどな。

「早かったな」

「がっ……！」

机の下、コンシェルジュがいつも座っている場所からニュッと出てきた調さんに死ぬほど驚く。思わず漏れそうになった声は、すぐに口に手を当てて、なんとか止めた。

「ふははっ！　そんなに驚くことでもないだろう」

「驚きますよ！　心臓止まるかと思いましたよ！」

どこのホラーアトラクションですか！

「まったく。で、何かあったんですか？」

「ああ、敵を減らそうと思う。多分盗聴されてるから、今は下の階が捜索されてるはずだ。いずれこの階にも上ってくるだろう。お前に見つけるのを手伝ってほしい」

「分かりました」

「安心しろ、お前が隠れられそうな場所を探しといたからな」

そういって、屈(かが)みながら調(しらべ)さんの後ろを歩く。案内されてやってきたのは、トイレと少し間隔を空けて隣り合っている、自販機コーナー。

「あの、ここ明るいから目立ちません？　前に調さんがやったみたいに自販機の上に乗ったりするんですか？」

確かにここならフロア全体見えそうだけど。

「いや、このコーナーにずっと隠れてるのは無理がある。これだ、これ」

調さんが指差しているのは、フタがパタパタと奥に開く、ビン・カン用の大きなゴミ箱。

「ちゃんとさっき、中にゴミがないことを確認しておいた。さすが、掃除が行き届いているな。さあ、入ってくれ」

「そんな軽いノリで言われても！」

雷のイヤリングを揺らしながら明るく言う調さんに、秒速でツッコむ。

「どうした灰島(はいじま)？　ああ、別に女子の前だからって恥ずかしがることはないぞ」

「男子女子とかいう問題じゃないんです！」

もっと人間的にさ。人間の尊厳的にさ。

「このパタパタ開く部分から覗くといい。見つけたらシーバーで連絡しろよ」

そう言いながらゴミ箱の上の部分を取り、空っぽのビニール袋を取り出して、急かすように僕を箱に詰める。

「ちょ、ちょ、ちょっと調さん！」

「おお、なかなか似合うじゃないか」

頭をポンポン撫でながら、マトリョーシカのようにちんまりと箱に詰まった僕の上から上の部分を閉める調さん。

ゴミ箱が似合うと言われて喜ぶ男子高生が世に何人いるだろう。いや、その前にゴミ箱が似合うと言われる男子高生が何人いるだろう。いやいや、そもそもゴミ箱に入る男子高生が何人いるんだって話で。

ゴミの投入口を少し開けて、外を覗く。調さんの帯が見えた。

「枕はワタシが持っておこう」

「……はい……」

物理的に武器の所持を許されない、無防備な僕@ゴミ箱。

「じゃあ灰島、よろしく頼むぞ。本当に助かる、ありがとな」

「……はい……」

感謝の言葉はあれど謝罪の言葉は特にないまま、いつもの態度で調さんは去っていった。

うーむ、見えることは見えるけど、そんなにすぐ見つかるかな。まだしばらく下の階にいるんじゃないかな。それに随分狭いぞ。この体勢でトランシーバーを使うのは大変だ。何より、部活中にゴミ箱に入るとは思ってなかった。何種類もの不安とショックが箱の中で渦巻く。

目を凝らして左右を見るけど、敵どころか調さんがどこに行ったかも分からない。これ、ちゃんと調さんに回収してもらえるんだろうか。いつの間にか試合終わってて、でも僕だけ忘れられたまま、僕もすっかりこの箱に体が馴染んで寝ちゃってて、一般の利用者に悲鳴とともに発見されるようなことになったりしないだろうか。青春の一ページが大分どす黒いインクで汚れるな……。

ゴミ箱に入りながら、憂鬱な妄想を繰り広げて五、六分経った頃。目線の直線上、三十メートルくらい先の暗闇に、人影が揺れた。

よし、見つけた！　急いで調さんに連絡しないと。うう、窮屈すぎてトランシーバーを口まで持っていくだけで一苦労だ。

手をゴソゴソ動かしながら、ふと視線を元に戻す。さっきの影が、明らかに近づいてきていた。

ムッ
ス

しまった、耳がゴミ箱に押しつけられて足音が聞き取れなかったぞ……こんな速さで移動してるなんて思わなかった。

どんどん近づく影にトランシーバーを触る手を止める。下手したらここにいるのがバレるな。影はどんどん接近してきて、僕の、否、ゴミ箱の前に立った。目の前に、烏丸のユニフォームである、猫の足跡のような浴衣の柄が見える。

…………っ！　ヤバい、見つかったのか！　最悪だ！

しかし、そこから相手の動きがない。

待って、ちょっと待って……まさか相手も、ここに隠れて索敵する気かよ……！

何だこの展開は……至近距離、どころか二十センチの距離に相対してるのに、向こうは気付いてないし、こっちは連絡も取れない。

今はとにかく気付かれないこと、相手がここを去るまでは絶対音を立てないことだ。この状況で見つかったら勝負にならない。今は枕も持ってないんだから。

体勢は苦しいけど、息も抑え気味。今まで開けていたフタをゆっくり、ゆっくりと閉める。フタが半開きだってことに気付かれたら怪しまれる、そんなリスクはなるべく消しておきたい。トランシーバーに触れっぱなしだった手で、電源もオフにした。

もう相手の顔も見えない。頼れるのは、聴覚の落ちた耳だけ。圧迫された胸の心音を無視するように、ゴミ箱の外の音に耳をすませる。

動いちゃいけないと分かってるけど動きたくなる。そんなどうしようもない衝動をグッと抑えてグッと縮こまりながら、細く細く呼吸をする。

……………。

もう何分経っただろう。こんなに時間がゆっくり流れることがあるんだな。窮屈な姿勢を続けたせいか、或いは酸素が薄くなってきたせいか、頭がボーっとし始めた。

ここでアウトになったらムダ死にだ。早く行け、行ってしまえ。

………………。

この人、いつまでいる気なんだ。敵を見つけられないなら他のフロアに行けばいいのに。

いや、ひょっとしてこの人、僕に気付いてるのか？　気付いていて、わざと僕に拷問のような仕打ちをしてるのか？　僕がフラフラになる様を楽しんでるのか？

逆に、調さんとグルか？　グルで僕をいじめているのか？　先輩から一年生へのキツい洗礼ってヤツか。いやいや、そんなはずはない。思考がおかしくなってきたな。

……………………。

ああ、神様、ごめんなさい。いつも雪葉さんや緋色さんや調さんを見てはみだりに淫らな妄想を展開してしまってごめんなさい。罰を与えてるのでしょうか。でも、そのくらいは許してくれませんか？　高校生の他愛もない可愛げのある若気の至りとして片付けてくれませんか？

今後はなるべく自粛しますので、何卒相手をこの場から遠ざけて下さい。そしてこの僕に思う存分呼吸をさせて下さい。深くは望みません。マズローの欲求だか何だかでいうところの最低段階、生理的欲求です。

被害妄想に躍らされていると、目の前から「分かった、向かう」と声がした。続いて、小さな足音。

行った！　よし、行ったぞ！　僕の勝ちだ！　ん、待てよ？　今の声、明らかに男だったよな？　砂元さんと波待さんは倒してるから……。

フタをゆっくり開けて久しぶりに外界を見ると、そこに浴衣は見えなかった。

腕をくねらせてトランシーバーの電源を入れ、調さんに連絡する。

「調さん、今まで僕の目の前に隆司さんがいました。移動したばっかりです」

「そうか、リュージはそこにいたのか。ありがとな」

よし、後はここから出るだけだ。……って、出ていいのか？　本当にいないのかな？　もし近くにいたら、ゴソゴソしてるうちに見つかったりしないかな？

悩んでいると、奥の方からタッタッタと走る音。調さんのだとすぐに分かったその足音は僕の前を通り過ぎ、しばらく進んだところで足音が止んだ。

「リュージ」

「おう、シーラか」

二人の挨拶を聞きながら、出るタイミングを窺う。ううん、今出てもいいのかな……。

「ここに暫く留まってたからな、さすがに見つかるか」

「うちには優秀な一年がいるんでね。灰島、出てこい」

少し大きめの声で僕を呼ぶ調さん。返事をするようにゴミ箱からゴソゴソと出る。

久しぶりに立ち、軽く伸びをしながら調さんのところまで走った。

「……驚いたな。まさか俺の立っていた真後ろに隠れていたなんて」

目を丸くして、深夜ということも気にせずに大声で笑う。

敵将、汐崎隆司さん。五帝の一人、「撃墜」だ。相当に鍛えているであろう大柄の体に、理髪店のカットイメージになれそうな見事なスポーツ刈り。自信に満ち溢れた笑みは、二対一にも拘らず全く焦っていない余裕の表れ。

「灰島、だっけ。いやあ、俺も結構長いことといたけど、ずっとそのゴミ箱に入りっぱなしだったのか、大したヤツだ。耳と目も相当いいって噂だぞ？　やっぱり、序盤で時雲と一緒にいたときに潰しておくんだった」

そういえば、玲司さんと一緒に行動してたときに何発か狙われたな。そうか、あれは隆司さんだったのか。

「うちのメンバーも手強いだろ？　特にソラとレミのコンビはなかなか期待できる」

「ああ、うちの古桑(こそう)はその二人に倒されたようだな」

「今頃、下の階で他の敵を狙ってるだろう。『一対一双(ツインツイスター)』は強力だぞ」

「いや、それはないよ」

調(しらべ)さんがちらと階段の方に目を遣(や)る。

「ワタシが今、片割れの一年生だけ倒しておいた。もう片方は半泣きで逃げたから仕留め損ねたがな」

少し黙った後、隆司(りゅうじ)さんはさっき僕を見たときと同じくらいの声で笑った。

「相変わらずだな。さらっと消しちまいやがる」

「ふふ、敵がウロウロしてたら狩らないと気が済まないからな」

調さんは目をフッと閉じ、続けて口を開いた。

「さて、リュージ」

ギンッと見開いた目でニヤッと笑いながら、後ろに下がって隆司さんと距離を取る。

……どうやら、ここで勝負が決まりそうだな。

「久々に倒させてもらうぞ」

「こっちの台詞(せりふ)だ。シーラから来いよ」

「言われなくても、そのつもりだ」

投枕(とうちん)体勢に入る調さん。片方の枕を床に置いて大きく息を吸う。枕を持ってる右手をピンと伸ばし、左足を一歩引いた。

「よく寝な」

枕の端っこの布を持ち、右腕を前から上にあげ、ぐるっと一回転。その勢いを乗せて、アンダースローで枕を放つ。必殺技「軌道確保（スケート・ストレート）」だ。しかし。


ガンッ！


重いそばがら素材とは思えない、さっきの雪葉（ゆきは）さんのニセ枕くらいのスピードで飛んでいったその枕は、隆司さんの手前で地面に落ちた。隆司さんが放った枕とぶつかって。

「腕上げたな、シーラ。スピードが速くなった」

「ありがとう。だが、それを止められるってことは、リュージのも速くなったってことだろう？」

調さんの枕を……撃ち落とした……？

「調さん、今の……」

「『撃墜（げきつい）』の異名の通り、リュージの技だよ。『遠隔相殺（イコールゼロ）』、相手の枕のスピードを完全に殺すパワーはもちろん、放たれた後で軌道を見切って投枕しても間に合うだけの瞬発力が必要とされる」

調さんの放った枕の弾道をあんな一瞬で見極めて、自分も枕を投げて撃ち落としたってことか……そんなことができるなんて……。

「でもリュージ、百発百中じゃないんだろう？」

「当たり前だ。そんなことができるなら弾切れにならない限り負けなしだろ。今だって、技が決まらなかったらシーラの弾を避ける気だったしな」

「……もう一回、同じことができるか試してみるか？」

床に置いていた枕を拾おうとする調さん。全く同じタイミングで、隆司さんの左手が動いた。

「二発目は打たせねえ！」

調さんのように腕を回してない、軽いモーション。そこから放たれる枕はしかし、僕の投枕と同じくらい速い。

「くっ……！」

後ろに跳んで回避する調さん。抱えていた枕を背中に回してショックを吸収し、ゴロゴロと転がる。すぐに起き上がろうとするが、そのタイムラグは隆司さんにとっては十分すぎた。「遠隔相殺」で相殺された二つの枕は隆司さんの近くに落ちている。普通に打ち合えば相手の枕をそのまま利用できるけど、隆司さんに撃ち落とされた武器は容易に拾いにいくことができない、これもまた、彼の技の強みだろう。

「勝たせてもらうぞ！」

這うように低い姿勢で走り、「遠隔相殺」で使った枕を拾う隆司さん。

マズい、調さんの防御が間に合わない！

「させるかあああ！」

隆司さんの斜め横から精一杯の力で枕を投げる。だが、僕のなんてことないただの一投は、踊るかのようなステップ二歩で躱された。

「甘えぞ、一年ボウズ。俺を倒すつもりなら、このくらいやることだ、なっ！」

敵は枕を持った腕を後ろに振り、うちの大将めがけて一撃を放つ。

「調さん！」

気が付くと、レーシングカーのように迫ってくる枕に向かって飛び出し、それをお腹にぶつけていた。殴られたような衝撃に、軽く咽る。

「ぐふっ……！」

「灰島！」

アウトになったまま、倒れ込んで呼吸を整えながら視線を前に戻すと、隆司さんは撃ち落とした調さんの枕を拾っていた。

「部屋に戻ってる間に試合が終わるだろうから、そこで見てていいぞ。あと灰島、覚えておきな」

刺すような目でちらと僕を見て、口を開く。相変わらずの不敵な笑みで。

「この戦争に勝つためには、守ってもらうだけじゃダメなんだぜ」

「くっ……！」

「リュージ！　寝ていろ！」

その一瞬の隙をついて、調(しらべ)さんが「軌道確保(スケート・ストレート)」を繰り出す。風を切る音とともに直進する枕。だが、さっきに比べて勢いが弱いのは明らかだった。

「急いで打ったな、シーラ。スピードが足りねえ！」

ガンッ！

憎らしいほど鮮やかにその枕を撃ち落とす「遠隔相殺(イコールゼロ)」。

遂(つい)に万策尽きた。そう思った、次の瞬間だった。

トンッ、という音と共に、隆司(りゅうじ)さんのかなり手前に枕が落ちる。

「……あ？」

目の前の試合に集中しすぎたせいで意識できていなかった、外からの音。

「さあ、狩りの時間よ」

「灯(あかり)！」

「雪葉(ゆきは)さん！」

走って調さんの前に現れた彼女は、足袋でブレーキをかけながら投げたばかりの枕を拾い、すぐさま臨戦態勢に入った。

　雪葉さんの登場に安心するとともに、強く自省する。アウトになったからって気を抜いちゃダメだ。常に周りの状況も見て、聞くようにしないと。

「灯……エースか。楽しませてもらうぞ」

「楽しまなくていいです。私は本気なんで」

　そのまま、静寂が流れる。隆司さんも雪葉さんも、間合いを取りながら、枕をゆっくり構え、握り直す。

「どうした、攻めてこないのか？」

「タイミング考えないと、撃ち落とされて終わりですから」

「まあそうなるよな。それなら、こっちからいかせてもらうぜ！」

　隆司さんが勢いよく投げた枕を、雪葉さんはしゃがんで躱（かわ）す、そのままクラウチングスタートのように前傾で踏み出し、間合いを詰めながら投枕（とうちん）する。隆司さんは当たらないよう、大きく後ろに跳んで距離を取った。

「さすがエースだな。避（よ）け方も投げ方もスマートだ」

「ありがとうございます」

　静かにお礼を口にしながら、左手で枕を持っている雪葉さんが、右手を後ろに回す。そして、帯に挟んだスリッパブーメランを取り出した。え、ここで「履かない命（スリップスリッパ）」を繰り出す気なのか？　真正面から投げたらすぐにバレちゃうけど……。

そう考えた直後、彼女は右手をグッと左腰の方に持って行き、そこから手首のスナップだけで、隆司さんに気付かれないようにスリッパを投げた。すごい、あの体勢から投げられるなんて……。

そのブーメランはヒュンヒュンと大きく外を回って進んでいき、気付かれないうちに隆司さんの背後に向かって戻ってくる。

それが背中に当たった瞬間、隆司さんは振り向いた。すかさず雪葉さんは枕を投げたが、すぐにこちらに向き直った隆司さんが枕を放つ。

「惜しかったなあ！　簡単に相殺できるぞ！」

放った弾を撃ち落とされた雪葉さんは、クックッと小さく笑った。

「それ、枕じゃないの」

一瞬だけ間を置いて、僕は彼女の言っている意味が分かった。まさか、ここでアレを使うなんて。

「『彼女の隣に偽枕』、予備のシーツで作った枕もどきね」

「チイッ！」

トリックプレーを効果的に組み合わせながら戦う。雪葉さん、本当に強いんだ。

「いくわよ」

本物の枕を持ち、跳びながら斜め下に向けて投げようとする。

その時、僕の耳はある絶望の響きを拾った。自分の耳を疑ってしまいたくなるその足音をしかし、雪葉さんにも調さんにも教えることはできない。

僕はアウトになっているから。もう、伝えられないから。

「ソラりんの敵討ちだよ！」

雪葉さんと隆司さんの両方から距離を取るような位置に移動していた調さん。その背後から近づいていたレミさんが、調さんに向かって思いっきり枕を投げる。逃げようとしても間に合うはずがなく、「あっ」と叫んだ彼女の足にしっかり当たった。

攻撃があと一歩間に合わなかった雪葉さんも「惜しかったわ」と立ち尽くす。

「灰島の耳を使えなくしておいて正解だったな。まあ掛戸と烏丸、どっちが勝ってもおかしくなかった」

「……やられたよ、リュージ。次は全力で狩る」

「おう、いつでも来い」

こうして、桔梗杯予選、僕たちは初戦で痛い一敗を喫した。

僕は、敵将を前に何もできずに犠牲になっただけ。そのせいで、レミさんが迫っていることを知りながら、伝えることができなかった。負けた一因は、間違いなく自分にある。

自分の無力さに、不甲斐(ふがい)なさに、悔しさの炎が心の中で燃え上がる。

強くなりたい。もっと強くなって、みんなの役に立ちたい。そして、勝ちたい。

湯之枝調（ゆのえだしらべ）

［剛速枕の頼れる部長］

パワー	スピード
S	B
コントロール	回避力
B	B
持久力	その他スキル
B	―

掛戸高校枕投げ部の部長にして、最強と謳われる**「五帝」**の一人で**「縮地」**の異名を持つ。全体的に非常に高い能力を有しており、特に相手との距離をものともしない遠投のパワーは凄まじいものがある。他の部員のような特別なスキルはないものの、力でガンガン押していって攻め勝つタイプ。自信たっぷりに泰然として構える彼女がいるからこそ、掛戸高校はのびのびプレーできるのだ。

駒栗美湖（こまぐりみこ）

［掛け布団の「鉄壁」］

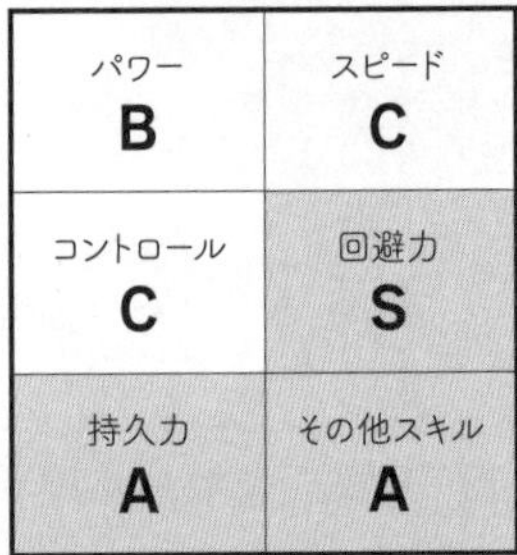

パワー	スピード
B	**C**
コントロール **C**	回避力 **S**
持久力 **A**	その他スキル **A**

雛森高校枕投げ部の部長にして、**「鉄壁」**の異名を持つ五帝の一人。コンフォーターと呼ばれる、掛け布団を体に巻いて戦うスキルにより、自分に向かって投げられる枕のほとんどは当たり判定が無い。また、試合中ずっと掛け布団を持っていられる持久力も相当なもので、並の敵は勝負にならないという。今回の試合は果たして……？

第四投　枕投げ部の青春

「結果が出たぞ」

日曜の朝だというのにピシッと制服で部室に来ている僕たち三人。どことなく上の空でスマホを見ていると、そこに調さんが入ってきた。

朝方に止んだ雨が、彼女の声に驚いたかのように窓を滑り落ちる。

「烏丸が連勝だ」

「うんうん、さすがですねえ」

予想通りだったのか、雪葉さんがどこか安堵したようにニコニコ頷いた。

烏丸との敗戦から二週間。先週僕たちは、予選第二試合で外山高校と戦った。

雨が降って雨音が足音を消す中で、僕の視力・聴力は割と役に立つことができた。微かな音を拾いつつ遠方から敵を見つけ、先輩が次々と撃破し、無事に勝利。掛戸は一勝一敗となった。

一方、僕たちを破った烏丸は昨日、駒栗美湖さん率いる雛森と対戦。僅差で勝利し、二連勝を飾った。

「よし、じゃあ、今こんな感じだな」

玲司さんが、掛戸・烏丸・雛森・外山の四校のリーグ戦表にサインペンで白丸・黒丸を加える。

「全チーム一試合残して、烏丸が二勝、外山が二敗。ここが次の試合で当たるけど、ほぼ間違いなく烏丸が勝つだろうな」

これで烏丸の決勝トーナメント進出と外山の敗退が決まった。

「で、一勝一敗同士の掛戸と雛森が、次に戦う、と」

「勝った方がグループ二位で決勝トーナメント進出ぞよ！」

「ああ、シンプルでいいな」

緋色さんが腕を回す横で、調さんがニヤリと笑った。

「来週は烏丸と外山だからワタシたちの戦争は二週間後だ。それまで全力で準備するぞ」

「はい！」

二週間か。平日は授業もあるし、あっという間だろうな。

「ところで、今日は戦況だけ確認するために集まってもらったが、この後どうする？」

お、これはあれですか？　みんなでお昼にファミレスでワイワイやるような――

「練習しましょう！　な、雪？」

「うんうん、私もやりたいと思ってたんだあ」

「ひぃも！　体鈍らせたくないぞよ！」

ですよね、浴衣着ますよね。でも、僕も同じ気持ちだったから、ちゃんと練習着を洗ってきたんですよ。

「ふははっ！　そうだな！　じゃあ今から練習といこう！　今日は気温も涼しいし、枕日和だな」

「ゆーのさん、枕日和って響きが良い！」

わらわらと部室の外に出る。階段を下りながら横の壁を見ていると、一階の掲示板コーナーでインターハイ予選のポスターを目にした。

「そういえば運動部はインターハイ予選の時期だな。爽斗のクラスでも誰か出るのか？」

バスケ、サッカー、テニス、野球のプレイヤーのシルエットが載ったそのポスターを見ながら、玲司さんが僕に訊いてくる。

「あ、いえ、バスケ部のヤツとかいますけど、一年ですし、試合はないかなって」

「ん、確かにな。人数多いし、うまくいけば補欠ってところかな」

前を歩いていた緋色さんがぐりんっと振り向く。

「そーちょん！　枕投げ部は全国にほとんど数がないよ！　そーちょんは既に全国区の選手ぞよ！」

「それを誰に誇れと!」

他にやってる人がいないからギネス記録になってる人みたいな。

「爽斗、テニスで思い出したんだけど、ラケットのガットの部分をぐりぐりと女の子のお腹に押し付けてお腹に網状の跡つけるの最高じゃないか?」

「誰もテニスの話してません!」

玲司君の頭の中は不思議な世界だねえ、と微笑む雪葉さんにつられて笑いながら、縦一列になって階段を下り、靴箱に向かった。

「ぐはあ、疲れた!」

夕方少し前。家に帰って来て、そのままベッドに倒れ込む。さっきまで投げていたのより随分柔らかい枕が、僕の顔をふにゃりと受け止めた。

「調さん、メチャクチャ張り切ってたもんなあ。雪葉さんも個人練習、相当ハードにやってたし……」

スマホのロックを解除し、雪葉さんとのメッセージ履歴を見る。見ているだけで、何だか全身の力が抜ける。

送らなきゃいけない用は何もないけど、何か送りたい。必死に用事を探す僕の脳はやがて、「送らないでうじうじするくらいなら何もなくても送れ。どうせストレス溜まるんだから」と都合良く自分を鼓舞し始めた。

【今日はお疲れさまでした。雪葉さん、やる気全開でしたね！笑　明日からまた学校かと思うと、体が結構しんどいです】

続いて、パンダが寝込んでいるスタンプを送る。

文に「笑」をつけるかどうか、「！」をつけた方がいいか、どんな締め方なら返事をしやすいか。短い文章を自分なりに必死で推敲して、送るかどうかやっぱりまた悩んで、深呼吸から息を止めて、「うりゃっ！」と送信する。雑談してもいいのか、雑談するような関係なのか、ぐるぐると思考が回って、送った文面を見たくなくなって画面を伏せる。

そしてどうでもいいネット記事を見る。ニュースが知りたいんじゃない、通知を見逃したくないだけ。時折アプリを切り替えては、よせばいいのに既読になっていないかを確認する。既読がつくだけで嬉しい、たった一言でも返信がくれば跳び上がるほど嬉しい。

恋は盲目とはよく言ったものだけど、たとえ目が悪くなっても自分の視力なら彼女だけは見えるはずだ、なんてつまらないことを考えては、またあの笑顔を思い浮かべてタオルケットをポカポカ殴る。

「はあ………………」

一人で盛り上がって、一人で振り回されている。そんな僕を俯瞰で見ている心の自分が、呆れるように苦笑いする。臆病で熱に浮かされた恋患い、今の僕は完全な病だ。

「インターハイかあ」

気を紛らわすために椅子に座ってくるくると回りながら、今日見たポスターのことを思い出す。全国優勝を目指して戦う、カッコいいよなあ……僕たちの部活とは違うなあ……。そして脳内の記憶はアングルが変わって、そのポスターを一緒に見ていた先輩たちを順番に映した。緋色さん、玲司さん、調さん、そして……。

「だーっ！　シャワー！」

このままじゃ待ちくたびれて溶けてしまいそうになって、着替えとスマホを持って部屋を飛び出す。

【今日は結構ハードだったねえ笑　明日からも頑張ろうね！】

そんな返信と、猫が「お疲れさま」と魚を差し出しているスタンプが届いたのはシャワーを出た直後で、僕は興奮のあまり、部屋着のTシャツの前後ろを間違えたのだった。

翌日、月曜日。夜七時。今日は美化委員会の会議が長引いて部活に出られなかった。先月のゴミ拾い運動に関するアンケート用紙を鞄に詰めて、校舎を出る。

雛森戦に向けて、明日から練習しなきゃだな。

途中で通った体育館はまだ賑やか。キュッキュッと床を踏む音、バンッバンッとドリブルする音。バスケ部はインターハイを目指し、練習に力が入ってるんだろう。

そのまま何の気なしに、「まさかやってないだろう」と思いつつ、旧武道場へ行ってみる。すると、外まで音が響いていた。

バンッ！　バンッ！　ドンッ！

急いで入口のドアをガラガラと開け、中を覗く。とっくに今日の部活は終わったと思っていたのに、まだ全員が個人練習をしていた。

ひたすら壁の的に向けて速投を繰り返す調さん、跳躍しての投枕を繰り返す緋色さん、道具を使った様々なトリックを試している雪葉さん、片手で投げ込んでいる玲司さん。

「あっ、灰島君、委員会お疲れさま」

「そーちょん、よく来たぞよ！」

雪葉さんと緋色さんがすぐさま気付いて挨拶してくれた。軽く会釈しながら、靴を脱いで中に入る。

「練習着と枕、取ってくる？　私たちもまだ続ける予定よ」

雪葉さんが入口まで走ってきた。汗をかきにくいと言っていた彼女が、今は全身汗びっしょりになっている。雪葉さんだけじゃない。他の三人も、どの運動部も敵わないくらい、浴衣を汗で濡らしていた。

すごいな、と素直に驚くと同時に、一つの率直な疑問が浮かんだ。

なんでだろう。なんで枕投げに、サッカーやバスケと違ってインターハイもない、日のの枕投げ」が楽しくて、僕も頑張らなきゃって、今思えてるんだろう。

調(しらべ)さんが「休憩してくる」と外に出た。近くの水飲み場に向かったらしい彼女を、走って追いかける。

「あの、調さん、ちょっといいですか？」

「灰島(はいじま)か。どうした？」

梅雨真っ盛りだけど空は上機嫌に月を輝かせ、かなり暗い中で生暖かい風が彼女の髪をフワッと撫(な)でた。僕は、少しだけ緊張した手をギュッと握りながら口を開く。

「あの、つまんないことなんですけど、調さんはなんで枕投げ部を作ったんですか？　その……うまく言えないんですけど、なんで僕はこんなこと、いや、失礼な言い方ですけど……こんなことしてるんだろうと思っちゃって。その、別に辞めたいとかじゃなくて、なんで自分はこの部活で活動してるのか、こんなに楽しく活動できてるのか、っていうか……温泉旅行に行きたいって以外のどんな理由が僕を動かしてるのか、自分でもよく分からなくなって……創部した経緯とか、聞いてみたくなったというか……」

途切れ途切れにたどたどしく、自分の頭の中を言葉に吐き出す。それを遮ることなく、真顔でじっと聞いてる調さん。言い終わったのを確認してから、柔らかく息を吐いて穏やかな表情になる。

「ちょっと昔話になるけどな」

調さんが、旧武道場の上空を泳ぐ、流れの速い雲を見ながら話し始めた。

「ワタシが小学校に入った頃、今とは別の場所に住んでいてね。父さんはそこの町内会のメンバーと仲が良くて、休日によく近場の温泉とかに泊まりに行ってたんだ。家族同伴だったから、ワタシや母さんも一緒にな」

そのまま、ゆっくりと歩き出す。何歩か左に進んでは、すぐ戻ってくる。時折、話にリズムをつけるように足をタッタッと鳴らした。

「そこで出会ったのが、町内会で一緒だったミーコやリュージだ」

雛森（ひなもり）の美湖（みこ）さんや、烏丸（からすま）の隆司（りゅうじ）さん。そうか、そんな昔からの知り合いなのか。

「普段も多少は遊んだけど、特に旅行のときは楽しかった。大人はみんなお酒飲んでるしな。トランプやったり、体操の真似事（まねごと）してみたり。他の人がやってるような普通の枕投げももちろんやった。その内に思いついたのが、かくれんぼと枕投げを合わせた、今ワタシたちがやってる競技なんだ」

調さんの目線に釣られて上を見る。東の空に、刷毛（はけ）をかけたような巻雲（けんうん）が舞っていた。

「もちろん、今みたいにトランシーバーを使ってたわけじゃないし、旅館内を走り回ってたわけじゃない。自分たちの部屋とその階だけくらいだったかな。押入れに隠れたり、自販機の横に座って待ち伏せしたり。親たちが酔って寝るのを待って、こっそりやったこともあったよ」

「楽しそうですね」

お世辞じゃなくて本心が口をつく。無邪気な年頃でそんな遊び、面白くないはずがない。

「ああ、楽しかった。長くは続かなかったけどな」

調さんは、旧武道場のドアに視線を移した。風はさらに強くなって、クスノキの葉をザワザワと揺らす。くっきり明るい月と音を立てる葉の組み合わせは、少し怖くもある。

「三年生になった頃に、町内会で些細なことから派閥争いというか、まあそんな感じの諍いがあったらしい。父さんたちのグループも仲違いして、旅行に行かなくなった。そのうちみんな居心地が悪くなって、別々のところに引っ越したんだ。みんな借りてたアパートだったし、ワタシの家もご多分に漏れず、な。それ自体は仕方ないと思ってるけど、ミーコやリュージに会えなくなったのは寂しかった。当時はスマホも持ってなかったから連絡もできなかったしな」

仲の良かった子と急に会えなくなる。聞いてる高校生の僕ですら、胸の中で苦しみがせりあがってくるような感覚。当時の調さんも、美湖さんや隆司さんも、辛かっただろうな。

「で、中学卒業間近になって、SNSでみんなを見つけてな。高校になったら枕投げを部活でやろうって話をしたんだ」

ニッと口を結ぶ調さん。月にじゃれていた雲が離れ、大人びた美しさの彼女の顔を鮮やかに照らした。

「小学生のときに十分遊べなかったから、今代わりにやってるってことですか？」

髪を触りながら黙りこんだ調さんは、やがて口を開いた。

「……ううん、違うな、きっと。多分、〝あの頃〟に戻れるのが楽しいんだ。あの時は、くだらない作戦をみんなで考えて、眠い目を擦(こす)りながら一生懸命起きて、バレないように必死に体を丸めて隠れたりしてさ。時間も経(た)って、もっとちゃんとしたスポーツだってできる年になったけど、ミーコやリュージと、一番楽しかったあの頃に戻って遊ぶのが、ワタシは好きなんだ。あの頃のまま、全力でバカなことをやる。戦争の気分で臨むし、技に名前だってつけるし」

足を止めて、「軌道確保(スケート・ストレート)」のモーション。ブワッと風を切る音が僕の耳元に飛び込む。

「別に過去にしがみついてるわけじゃない。みんなそれぞれの時間を生きてるし、進路だって全然違うはずだ。それでも、たまに会って、枕を持って隠れて、対峙(たいじ)して投げ合うと、無性に懐かしくなって、たまらなく嬉(うれ)しくなる」

目を瞑(つぶ)る調さん。風が凪(な)いで、雲が流れる速さも落ち着いた。

「まあ、そんな感じで始まった部活だけど、バカ騒ぎできるのはやっぱり楽しいな。たかが枕投げで、勝ち負けなんて重要じゃないのかもしれないけど、それでもやっぱり、こんな競技でも、全力でやって勝てると最高に嬉しいんだ」

にっこりと、今までで一番の笑顔を目の当たりにする。

ああ、分かった。何でこの部活が楽しいのか、その理由を見つけた。

僕も調さんと同じように、無意識のうちに心が童心に返っている。楽しいあの頃に、心が戻っていく。「ただの枕投げ」に戦争なんて真面目に言って、トランシーバーを用意して技まで編み出して、全力で遊んでいる僕は、山や川で全力で遊んでいた子ども時代まで遡れる。ただただ楽しいことがしたい、勝負したら勝ちたい。雪葉さんも緋色さんも玲司さんもそれはきっと同じで、だからこそ、この枕投げに本気をぶつけてるに違いない。

「ふははっ！　どうだ、ワタシの作った部活はステキだろう！」

「……ふははっ！　そうですね、とってもステキです」

豪快に遠慮なしに自画自賛した調さんに、口調を真似して返事した。

「疑問は解決したか？」

「ええ、すっかり」

体育館からは相変わらずバスケ部の練習の音が聞こえる。それは、隣の旧武道場からも。

「調さん、今日まだ部活やりますか？　浴衣と枕、取ってきてもいいですか？」

「おう、今日は夜九時までやるぞ」

いつもの不敵な、ギンッとした笑みで、調さんは屈伸を始めた。

「灰島、あと一週間、死ぬ気でやるぞ」

「はい！」

インターハイと同じように全国を相手に戦う僕は、部活道具を取りに校舎へと走った。

翌日。調さんに許可を取って部活を十八時前に抜け、全速力で駅に向かう。四月に比べて、スピードもスタミナも結構上がったみたいだ。

電車とバスを乗り継いで、懐かしい山へ。

中学までよく遊んでいた、いつもの山。山道と途中の脇道を二十分歩くと、外の世界とほぼ完全に隔離された闇が周りを包んだ。慣れっこだから怖さは感じないはずだったけど、圧倒的な静けさの前に体は少し縮こまる。

「よし、行くか」

目を瞑って、耳をすませる。耳を取り外して、自分の顔の周りを三百六十度回して、音を拾いに行くようなイメージ。キョロキョロと見るように、音を探す。

……ギーッ　ギーッ

すぐさまその軋むような鳴き声の発信源に向かって走る。五十メートルほど先、鳴き声は大きくなっていた。

「さて、どこかな、と」

上を見上げ、もう黒色の集合にしか見えない木々をじっと見る。首が痛くなり始めたとき、小さく震えるように動く鳴き声の主を見つけた。

「おう、見つけたぞ」

一番小さなキツツキである、コゲラ。木の幹にいる虫を食べているようだった。

よし、この調子で見つけていこう。

僕があのチームの中でできること。もちろん、投枕（とうちん）の能力も持久力も足りてないけど、まずは視力・聴力をもっと鍛えなきゃいけない。僕がみんなの目の代わりに、耳の代わりにならなきゃいけない。「知りすぎた男（セカンドサイト）」は、あの四人のための能力だ。

これは、そのための特訓。調さんにお願いして、試合までの間、一人で山に行かせてもらうように頼んだ。みんなが見えないものを見る、聞こえないものを聞く練習。感性を研ぎ澄ませて、最終戦に臨まなきゃ。

……………キョー　コー　キョキョーッ

お、この声はイカルだ！　どこだどこだ、どこにいるんだ。

昔友達とやったように、鳴き声を聞いて暗闇から野鳥を探し、羽音を聞いて虫を探す。

いつも当たり前のようにやってきた遊びを、今は部活のためにやっている。我ながら変な特訓。でもいいんだ。僕が仲間になっているメンバーは、全力で変なことやってる人たちばっかりだから。

「やばいやばい、あれは持って帰らないと」

湿った空気を鼻の奥に感じる、雛森(ひなもり)戦の二日前。不機嫌な天候は、夜からついに泣き出した。この天気ではさすがに山には行けない。

調(しらべ)さんが雛森の美湖(みこ)さんと試合に関して打ち合わせがあるらしく、また試合直前に過度な練習もよくないということで、十九時で練習が終了となった。

旧武道場でそのまま解散となったけど、忘れ物をしたことに気付いて教室に戻った。その後、野暮用(やぼよう)を思い出し、部室に向かう。

部室のドアを開けると、そこには雪葉(ゆきは)さんがいた。

「あれえ、灰島(はいじま)君、どうしたの？」

「枕のカバーを取りにきたんです、洗おうと思って。雪葉さんは？」

汗が完全にひいている制服姿の雪葉さんは、ノートを軽く振った。

「トリックのノート、置き忘れちゃってたんだよねえ。だから取りに来たの」

「なるほど、大事なノートですもんね」

「そうそう、最近練習してる、あの技もまとめたし」

「ホントですか！　また読ませてください」

枕からゴソゴソとカバーを外して、スーパーの袋に丸めて入れる。

「あ、そういえば、雪葉さん。あのサイト、見ましたか？」

「うん、見たよ！　ああやって見るとどれも可愛く見えるね。鳴き声が聞けるのも面白いなあ」

数日前にメッセージで送った野鳥のサイト。生態が詳しく書かれてるうえに、一般の人が撮った写真も載ってるし、鳴き声も聞ける。

「灰島君が特訓に行ってる山でもああいう鳥が見られるんでしょ？　ねえねえ、夏はどんな鳥が出るの？」

「アオバズクってフクロウがよく出ますね。ホホッホホッて低い声で鳴くんで、結構すぐに見つかります。あとは……アカショウビン！　体が朱色でとっても綺麗なんです。しかもあんまりいないんで、アカショウビン見た次の日はラッキーな日ってジンクスが勝手にできてました」

「アカショウビン、あのサイトに載ってたねえ。確かに、すごく綺麗だった！」

旅館で五人で撮影した彼女の笑顔を何回家で眺めたって、目の前で見る本物の笑顔には敵わない。どれだけ見たって、見飽きることがない。「可愛いですね」なんて言葉を頭の中で何度も打ち込んでは、音声変換する直前に息を深く吸ってデリートした。

「さ、帰ろっかあ。雨弱まりそうにないしねえ」

「ですね」

止まない雨音のBGMを聞きながら、校門を出た。

雪葉さんは鮮やかな青色の傘、僕はコンビニ傘を差して駅までの帰り道を歩く。ビニール越しに見る道は、ポストも人もぐにゃりと歪に曲がっていて面白い。

左に並ぶ店を見ると、最近オープンした大きな雑貨チェーン店が明るく光っていた。ウインドウに、白とグレー、二色のパジャマが飾ってある。

「わあ、可愛いなあ！」

「ホントだ、可愛いですね！」

入口のガラスに書かれた営業時間を見た後、緊張で唾を飲みこんでから話しかける。

「閉店はまだ先みたいですね……ちょっと入ってみます？」

「ホント？ じゃあうん、入ってみよ！」

思いがけずデートのようなことができた。彼女に見えないところで、小さくガッツポーズを取る。

「見て見て、一階が寝具フロアになってるよ。だからパジャマが飾ってあったんだねえ」

「ですね。あ、雪葉さん、枕コーナーがありますよ」

素材、大きさ、色、形状、さまざまな種類の枕を触りながら、雪葉さんは急に真顔になり、「これ、結構飛距離が出そうね」とその中の一つを静かに握る。アロマで使う木のスティックを見れば「これが旅館にあれば香りで居場所攪乱とかできるわね」と脳内のトリックノートに書くように斜め上を見ながらぶつぶつと呟く。でも売り場を離れた途端、「あっちも行ってみようねえ」とおっとり笑顔が戻る。その百面相が楽しくて、笑顔がどうしようもなく愛おしい。

そしてフロアの端っこ、パジャマのコーナーに来た。

「最近、全然買い替えてないなあ」

彼女が何気なく口にしたことの意味が分かったのは、十秒ほど経ってからだった。

「……あ、雪葉さん、パジャマで寝てるんですね！」

「そうだよー？　灰島君、私がTシャツとかで寝てると思ってたの？」

「いや……いつも浴衣ばっかり見てるから、浴衣で寝てると思い込んでました」

「ふふっ、違うよ。灰島君は面白いなあ」

そう言うと、雪葉さんはまた思いっきり笑みを零した。

「あっ、これ飾ってあったパジャマですね」

「うん、今こういうゆるっとしたデザイン人気だしね。袖口もかわいいなあ」

二人で、ものすごく近い距離で話しながら、彼女の顔をジッと見つめる。自分の中で、一つの決意がゆらめく。

今なら、流れで好きだって言える気がする。

雪葉さんもこんなに楽しそうじゃないか。よく電話もしてるし、印象は悪くないはず。お互い商品を見てるから顔見ないで言っても不自然じゃないし、一番楽な伝え方でサラッと言っちゃえばいい。

そうだ、うん、告白しよう。

「いやあ、雪葉さんが彼女だったら、こういうの買ってあげたいなあ、なんて」

そう言いかけて、やめた。予防線を張って、逃げようとした自分に気付いた。

もし手ごたえがあれば、そのまま告白すればいい。反応が鈍かったら、冗談ですよ、って慌てた感じで返してまた時間をかけて様子を見ればいい。失敗しても今の関係を保てるし、カッコ悪くならない。

でも、そうやってまで何を守ろうとしてるんだろう。自分が傷つくのが怖いだけ、そして言った後に変な目で見られるのが怖いだけ。

こんな逃げ道を残した言い方をして、一番後悔するのはきっと自分。枕投げにだって本気で、全力で取り組んでるのに、こんな肝心なときに全部を晒すことも全力で当たることもしない。そんな自分を一番嫌いになるのも、きっと自分。

今の自分は、まだ言っちゃいけない。きっといつか、こんなことに躊躇せずに言えるタイミングが来るかもしれない。それまではお預けだ。

へへっ、残念だったな、今の僕。

「雪葉さん、僕ちょっと用事思い出したんで、先帰ります！」

「え、そうなの？　じゃあ気を付けて帰ってね」

告白は延期。だからこれは、その代わり。

「あの……次の試合、僕、雪葉さんのこと守りますから」

「えっ……？」

「準決勝、本当に悔しかったんです。調さんだけじゃなくて、下手したら雪葉さんもアウトになるところでした。だから、僕の目と耳で絶対に守ります」

「……そっか、うん、約束ね！」

その目には、冗談を流すような苦笑の色は見えず、本気で信じてくれる優しさが映った。

「灰島君、明日も頑張ろうねえ」

「はい、また明日！」

店を出て、スラックスが濡れるのも気にせず、バシャバシャと水を跳ねて走る。やがて立ち止まり、大きく溜息。気が抜けたからか、気合いが入ったからか、無性に枕が投げたくなった。

「……行くか！」

明日が終わればいよいよ週末。予選最終戦まで、あと二日。

灰島爽斗（はいじまそうと）

［知りすぎた男］

パワー	スピード
C	**D**
コントロール	回避力
D	**B**
持久力	その他スキル
C	**S**

掛戸高校、期待の新人。まだ入部したばかりでほとんどの能力が平均値並だが、常人離れした視力と聴力を活かして暗闇の中でも索敵できる能力、**「知りすぎた男（セカンドサイト）」**があるため、チームのサポート役として非常に優秀な存在。また、投げられた枕を避けることはまだ不得手なものの、この能力のおかげでそもそも敵と遭遇せずに戦闘を回避することができる。

第五投　激闘、最終戦！

「さて、今日の相手は雛森だ」

桔梗苑の八〇五室、男子部屋。女子三人も交えて柿ピーを食べながら人生すごろくをしていると、調さんが話し始めた。

「おお、もうこんな時間か！」

自動車事故の支払いをしながら、緋色さんが髪をふわっと揺らして掛け時計を見る。針はいつの間にか、日曜になる三十分前、二十三時半を指していた。

「よし、じゃあここまでの金額で俺の勝ち！　片付けて準備するぞ！」

「あ、くもっちズルい！　今からくもっちが五出したら、大火事に遭って財産半分なくなるぞよ！」

はいはい二人とも終わりだよー、と言いながら、雪葉さんがゲーム盤を端に寄せる。ちなみにボードの隣にある積み木崩しは、一回もブロックを抜けないまま三連敗した調さんを憐れんで早々にやめた。

「勝った方が決勝トーナメントですね、調先輩」

左手をグッグッと握る玲司さんに、茶托をくるくる回しながら調さんが頷いた。

「ああ。ただ、そう簡単には勝たせてくれないぞ。四月の練習試合では一年生が三人も入っていた、いわば二軍だったが、今回はガラッとメンバーを変えてくるはずだ。当然、五帝のミーコも入ってくる。気合い入れていかないとな」

五帝、「鉄壁」の駒栗美湖さん。その実力を、僕はまだ知らない。

「お、来たな」

ドアをノックする音に、入口まで走る調さん。

「こんばんは、今日はよろしくお願いします」

美湖さんが先頭で入ってきた。四月に会ったときはややショートに近かったけど、あれから髪が伸びて肩までかかるくらいになっている。内巻きのカールもかけたらしい。端整な顔立ちに細くて長い脚、青っぽいシックな浴衣。なんだなんだ、ここは読モの撮影イベント会場か！

「皆さん、入ってきて下さい」

彼女の掛け声で、他のメンバーがぞろぞろと入ってきた。調さんの予想通り、四月とはまったく違う四人。

「灰島君は皆さん初めてですね。まずは私と同じ三年生、南条さんと井鳥君です」

黒髪ポニーテールの女子、南条さんが無言でペコリと挨拶する。その横の井鳥さんは烏丸の隆司さんのように大柄。バスケ漫画のセンターみたいな威圧感だ。

「あとは二年生ですね。刈谷君と深町さんです」

刈谷さんは普通の体格の男子で、座布団をギュッと抱きかかえてるから目立つ。

深町さんは緋色さんより少し大きいくらいの身長の女子だけど、体もすごく細身で、ここは緋色さんの勝ち！　いや、細身も好きだけどね！　雪葉さんとか、うん、好き。

「シーラ、前回の借りは返させてもらいますね」

「ふっ、ミーコと対決できるなら、楽しいバトルになりそうだ」

……あれ？　なんかいい匂いがする。

「灰島君、どうしました？」

「いえ、なんか美湖さん、柑橘系の匂いがするなあと思って」

美湖さんに訊かれたので答えると、彼女は少しキョトンとした後、両手で小さく拍手してくれた。

「よく分かりましたね。家から持ってきた、シトラスの香りのシャンプーだと思います。少し前にお風呂に入ったので」

「さすがだな爽斗。シャンプーの香りを嗅ぎわけるとは。俺はさっぱり分からなかったよ」

玲司さん、そういう言い方されると変態度が増した気になるのでやめて下さい。

「じゃあ、ミーコ」

押入れから出して積んでいた枕を一つ拾って、調さんが続ける。

「予定通り、二十四時から開戦でいいな」

「ええ、よろしくお願いします。みんな相当練習してきましたよ」

「ふははっ、練習したのはワタシたちも一緒だ。じゃあ、また後でな」

笑顔で握手する二人。美湖さんたちが出ていき、いつもと同じように雪葉さんが呟(つぶや)く。

「……さて、狩りの時間ね」

その言葉を合図にするように、僕たちは全員で机の周りに集まった。

「じゃあ作戦会議といこうか」

館内見取り図のコピーを広げて、戦略を確認する。

本館は九階、別館は六階まである広大なフィールド。中継器は前回の烏丸(からすま)戦同様、本館二階トイレ付近の鉢植え裏と、別館六階にある露天風呂の入口付近の机下に設置することになった。

「灯(あかり)、主戦場は決めたか？」

「ええ。前回と一緒で、別館の二階から四階に陣取ります。今回は宴会場も使って戦いたいですね」

「よし、今日もよろしくな、灯。古桑(こそう)、お前はいつも通り、敵を撹乱(かくらん)しながら戦ってくれ」

「了解でありますっ！　ゆーのさんはどこにいるんですか？」

「ワタシは今回は、本館の二階あたりで待機していようと思う。今まで序盤は上の階で待機していたことが多いから、向こうもそれを狙っているかもしれない。ここでフェイクを挟んでおこう」

「なるほど！　じゃあ、ひぃは上の階にいて、ゆーのさん狙いでノコノコ来たヤツをぶった切ろうかな！」

枕を持ったまま、くるっとバク宙をする緋色さん。

うおおお、ついに、ついに下着が見え……な……い………。

ちょっと緋色さん！　バク宙が速すぎて浴衣が捲れてないですよ！　意味分かんない！　なんでそんな速く回ってるの？　下着見えないか気にしてるの？　爽斗、少し落ち着け。

「爽斗、残念だったな。見えそうで見えなかった」

「あ、くもっち、またしょうもないこと言ってるぞよ！」

「なあ爽斗。俺も今、桑を見ながら、女子の浴衣は茹でるのと蒸すのどっちがいいだろうと思ってたところだ。濡らしたら価値が下がるってことで普通は蒸すんだろうけど、茹でるのもそれはそれで興奮するな」

「玲司さん、『俺も』ってさりげなく僕を仲間にしないで下さい」

なんですかその一生実現しない二択は。

「家庭に仕事は持ち込まず、でもキッチンに浴衣は持ち込む、って信条はカッコいいよな」

「で、玲司さんは試合始めはどこにいるんですか！」

話戻しますよ！

「調先輩、俺は始め本館の中層階あたりにいて、指示出しします」

トランシーバーを雪葉さんに渡す玲司さん。なんでそんなに急に真面目になれるんだ。

「分かった。時雲、相手の中継器を探せるようなら、電源切ってやれ」

「もちろんです！　結構広いんで、そうそう見つからないでしょうけど」

左頰を掻きながら、彼は空いている右手の親指をグッと立てた。

「灰島、お前は始め、古桑と一緒にいてくれ。古桑が言ってた通り、ワタシを消すために上層階に来る敵もいるだろうから、そいつから逝かせてやれ」

「そーちょん、一緒にヤツらを刈り取ってやろう！」

「……分かりました」

相変わらず試合となると危険な発言ばっかりですね。怖いんですけど。

「灰島」

「は、はい」

「一軍のメンバーで固めた雛森は相当な強敵だ。ミーコの強さはもちろんだが、あの南条も去年までは特に能力を持っていなかったから、どんな進化をしているのかワタシたちも知らない。いずれにせよ苦戦は必至だ。探すのに、お前の目と耳が重要になってくるぞ」

調さんが僕の肩に手を置いて力を込める。他の三人が、それに続いて声をかけてくれる。

「爽斗、期待してるからな！」

「そーちょん、ひぃの目と耳になってほしいぞよ！」

「灰島君、よろしくね」

こんなに期待されて、ちょっと緊張するけど、やっぱり嬉しい。

「任せて下さい！」

「よし、円陣組むぞ！」

調さんの掛け声で、全員が丸くなる。

「これまでの練習を思い出せ。いつも通りいくぞ、勝って決勝トーナメントだ！」

「はい！」

「枕に風を！　枕に牙を！　掛戸、ファイトーッ！」

「オーッ！」

廊下にスタッフがいたら怒られそうなボリュームで、五人の声が響き渡る。

「よし、シーバーはチャンネル6、グループ20だったな。各自合わせて、持ち場につけ！時雲、指示よろしく頼む」

「調先輩、オッケーです。二階に着いたら教えて下さいね。雪も、別館に着いたら連絡よろしくな」

「分かった。急いで戦場の準備をするわ」

「じゃあそーちゃん、行くぞよ！」

「はい！」

浴衣に足袋、胸元の内ポケットにトランシーバー、両手に枕。これが僕らの正装。

さあ、試合、もとい、戦争の始まりだ。

「よし、一旦ここで敵を探そう、そーちゃん」

「はい」

今までいた八〇五室の部屋を出てすぐの本館八階。吹き抜けを囲っているガラス壁に張り付いて、辺りを見渡す。トランシーバーからは、各自が持ち場についたことを知らせる報告が相次いで聞こえてきた。

「フィールドが広いからなあ。そんなにすぐには見つけられないかもしれないぞよ」

枕を抱えて、緋色（ひいろ）さんは体育座りのような格好になる。小さい人がこのポーズすると、本当に小動物みたいになるな。

「確かに、探すの難しいですよね、目もまだ慣れてないですし……」

釘付（くぎづ）けになる目を頑張って逸（そ）らし、下のフロアを見ながら言う。

「そーちゃん、近くで音聞こえる？」

「いや、今のところは聞こえないですね」

「よし、じゃあこの近辺にはいないってことかな。しばらくはここに待機するぞよ」

外の風の音にすら敏感になりながら、長く長く感じる時間、ガラス越しに捜索を続ける。

ふと時計を見ると、開戦してから十五分経っていた。お喋りもできない状況で、緋色さんと二人きり、ただひたすら、ターゲットを探す。時折切れそうになる集中力を、実は狙われてるかも、という恐怖心を自ら煽りながら保つ。

ううん、調さんが上層階にいることが多いって噂が出回っているなら、敵が来てもおかしくないんだけど、なんて考えていた、その時。

……………ヒュンヒュン…………ヒュンヒュンヒュン…………

「緋色さん。今、多分ですけど、風を切ってるような音が……何だろう」

「……ねえ、それホント?」

緋色さんが、少し固まった表情で僕を見た。

「ええ、多分九階から鳴ってるんだと思うんですけど……」

「そーちょん、こっちに逃げるぞよ！」

急に手を引かれる。そのまま吹き抜けを離れ、階段近くの壁に体を滑らせた。

「ちょ、ちょっと、緋色さん！　どうしたんですか！」

ドガガンッ！

隠れている壁に何かが当たった。

「緋色さん、今のって……」

「枕。枕ぞよ」

少し顔を出して壁の下を覗（のぞ）くと、まさしく枕だった。今の音が、枕？　あんな音がするものなのか？　調さんの投枕（とうちん）より、ずっと速くて重いぞ？

「いたぞよ」

小声で叫ぶ緋色さんに、首を持たれ顔を上に向けられる。九階、吹き抜けを挟んで反対側に、何かが立っていた。

「ひぃも暗さに慣れてきた。人影があることは分かるぞよ」

「うん、確かにいますね」

影だけでも誰だかはっきり分かる、がっしりした体格。

「三年生の井鳥（いどり）さんですね」

「そう、あの技を使うのはアイツ以外にいないぞよ」

言いながらトランシーバーを握る緋色さん。

【こちら緋色ぞよ。くもっち、九階にイードリーがいるぞよ。ひぃとそーちょんで何とかする！】

イードリーって。つい口にしたくなる呼び名。

【桑（くわ）、俺は去年戦ったけど、かなり強いぞ。気をつけて】

【おういえ！　ひぃも去年戦ったから知ってるぞよ！　任せろ！】

トランシーバーを切った後も、僕らと井鳥（いどり）さんは睨（にら）み合ったまま。

どうする、こっちから上っていくか。二対一なら負けないはず。いや、でも、相手が下がってくるのを待ってもいいな。

ん、井鳥さん、なんか手を動かしてる？　それに、またあの風の音が聞こえて――

「そーちょん、危ないぞよ！」

緋色（ひいろ）さんが僕を押して、二人で床に伏せる。

ドガンッ！

さっきと同じ音で飛んできた、白いカバーのそばがら枕。

「イードリー、相変わらず力技だなあ」

体勢を整えて九階を見直す。暗闇に慣れ、フクロウ並に進化した僕の目は、手でくるくると浴衣の帯を回す井鳥さんを捉えた。

「緋色さん、アレって……」

「予備の帯を使った投擲（とうてき）。去年、くもっちもアレにやられたぞよ」

投擲！　枕を投擲って！

「『標的に投擲（スロウモーション）』ぞよ。技出すのには時間かかるけど、あれ使われるとどんだけ距離置いても関係なくなっちゃうからなあ」

本当に、この部活に入ってる人は超人ばっかりだ。

「このままじゃこっちから攻撃できない。七階に逃げて立て直すぞよ！」

「は、はい！」

井鳥さんが投げた枕を持って逃げた方が追撃は防げるんだろうけど、三つ目を持つと移動には不便。絶妙なゲームバランスだな。

「よし、ここで待とう。ちなみに帯が付いた状態の枕も当たり判定はあるから、接近戦でもあの技は十分怖いぞよ」

七階の休憩スペース。ここなら上の階からは狙いづらい位置にある。

「でも、どうせ逃げたっていつかは戦わなくちゃいけないんだ。ここでひぃが倒す」

枕をグーでトントンと叩（たた）く。お世辞抜きで、カッコいいです、先輩。

しばらく待っていると、帯に括（くく）った枕を肩に引っかけて、南側の階段から井鳥さんが現れた。

「南条（なんじょう）さんの予想、違ってたなあ。大将が上にいるって聞いてたんだけど」

「残念だけど、ゆーのさんはこの辺りにはいないぞよ。イードリー、去年より飛距離も大分伸びてるみたいだね」

「そりゃまあ、練習したからね。俺の『標的に投擲』はちょっとやそっとじゃ負けないよ。古桑さん……だっけ？　君の能力は伸びたかい？　身長はあんまりみたいだけど」

帯をゆっくりと、そしてだんだん速く回し始める敵に、緋色さんはカチカチ歯を鳴らす。

「ふうん、そんなに死にたいか、イードリー」

微かに笑う緋色さん。次の瞬間、怒鳴るような声をあげる。

「そーちょん、左！」

筋肉が命令に反応し、緋色さんは右に、僕は左に飛んだ。二人の間を、高速回転する枕が突き抜けていく。

すぐにその枕を拾い、井鳥さんに向けて構えた。緋色さんの言う通り、投擲は次枕の発射までに時間がかかる。次の枕を準備する前に僕が攻めれば——

「うおおおおお！」

「灰島君か。まだ俺に当てるのは早いんじゃないかな」

投げた枕は、ヒュンっとしゃがんだ井鳥さんの上を、掠りもせずに通過した。

「……早い、みたいですね」

「どうも。あ、そうそう、誤解してるかもしれないから言っておくけど……」

下を向いて、枕を手に持つ井鳥さん。

「別に帯使わないと弱いってわけじゃないからさ！」

クンッと腕が動き、最小限のモーションで放られる枕。それでもそのスピードは、僕の枕と大して変わらない。

「くっ……！」

必死で這(は)いつくばって避(よ)ける。

「なんだなんだ、逃げるだけならいずれ当たるぞ。反撃してこないのか」

そう言いながらも井鳥さんは、枕を拾っては投げて僕を転がし続け、反撃の隙を全く与えない。

「そーちょんばっかりイジめるな！」

倒れこんでいた僕の横から、緋色さんが飛び出してきた。

「でいっ！」

「おっと」

緋色さんの十八番、「回って放って(ローリングドール)」は、その体格からは想像できないほどの俊敏さでかわされた。

「まだまだぁ！」

地球上ではないかのような身軽さで後ろに跳び、再び大ジャンプ。今度は回らず、天を駆ける。

「『愛ある月面歩行(ハネムーンウォーク)』ぞよ！」

今後ろに跳ねた距離を遥かに凌駕する距離を舞いながら、枕を放つ。しかし井鳥さんも負けじと後ろにジャンプして、その枕は地面に叩きつけられた。

「ちっ！　すばやいぞよ」

僕が投げた枕を拾いながら走って戻ってくる緋色さん。

「確かに、古桑さん、スピードは速くなったね。でもさ……」

敵は、いつの間にか枕に結わえた帯を、ヒュンヒュンと回し始めた。

マズい。アレが、くる。

すると緋色さんは、今までの疲れを全て吐き出すようにフウッと深呼吸をした。

「イードリー、やっぱりジャンプだけだと限界があるね。速さも、高さも」

帯を振り切るように放たれた枕。咄嗟に首を右に捻って避けた緋色さんの髪を、枕の風圧がサラサラと揺らした。

「うん、その通り。だから俺はこの技を身に付けたんだ」

歩きながら、近くに落ちている枕を再び帯に巻こうとする井鳥さん。彼から十五メートルくらいの位置に、緋色さんが僕を立たせた。

「そーちょん、ここに立ってて」

「こ、ここにですか？」

「ん、そう。ありがと」

軽く笑って、緋色さんは後ずさりしだした。

ああ、なるほど。アレをやる気なんですね。

「イードリーもホントに強いぞよ」

少しずつ、僕と距離を取っていく。

「でもまあ、ひぃも何も練習してこなかったわけじゃないから……ねっ！」

最後の言葉と同時に、緋色さんは後ろから走りだす。

緋色さんの方を向いたままの僕の三歩手前で、緋色さんは跳んだ。

「ほいっ！」

「なっ……！」

次の瞬間。肩に鈍い痛みがかかって、すぐに治る。思わず声をあげる井鳥さん。上を見ると、僕の肩を踏み台にした緋色さんが、天井にぶつかりそうなほど高く舞っていた。

「これだけ上からの攻撃、避けたことあるかな？」

その位置から枕を構えて、井鳥さんに向けて放つ。

「どうりゃっ！」

「クッ……」

急角度で滑空する枕を、横に跳んで転がり躱す井鳥さん。

クソッ、先週から必死に練習したこの攻撃でもダメなんて――

「……跳ぶと思ってたぞよ」

彼女の声に気付いて、再び頭上を見る。綺麗(きれい)な目は髪に遮られ、ニヤッと不敵に曲がる口だけが見えた。

いつの間にか膨らんでいる緋色(ひいろ)さんの浴衣の胸元。時間が止まったかのように空中にいるその胸から、もう一つの枕がポンッと出てきた。

「投げるスピードじゃ当たらないなら、もっと加速させるだけ！」

その枕をフワッと放って、足を振り上げる。

「緋色さん、いっけえええええ！」

「うおりゃあああ！」

自然に出てしまった掛け声に反応するかのように、振り上げた足を空中の枕にジャストミートさせて、華麗にボレーシュート。

ドゴンッ！

重い音で進むその枕は、まだ体勢が直っていない敵の足に直撃した。

「うっしゃあ！　ぐえっ！」

豪快に胸から落ちる緋色さん。落ちるときのことまで考えてなかったらしい。

「ちょ、大丈夫ですか！」

「おう、だいじょぶだ！　そーちょん、肩貸してくれてありがとう！」

駆け寄った僕にピースして返事する。

「緋色さん、ジャンプはともかく、空中ボレーなんていつ練習してたんですか？」

「さっき空中で思いついたぞよ！」

「即興であれを……はは！　緋色さんらしいです」

「へっへっへ、うまくいって良かったぞよ！」

そんなにケロッと答えられると、笑うしかないや。

「まさか二段構えで来るとはなあ」

苦笑いしながら枕をポンと投げてくる井鳥さん。

「古桑さん、強いね。今回は降参だ。今の技、なんて名前なんだい？」

「んー、まだ名前決めてないぞよ。普段ゆーのさんに決めてもらってるからなあ……たまには自分で……よし、『空中から的中』にするぞよ！」

絶対調さんに付けてもらった方が良かった気がする。

「イードリーも強かったぞよ。帯でブンブン投げるの、カッコいいから練習してみたい！」

「今度、合同練習でもやろう。教えるよ」

「おういえ！　いつでも！」

緋色さんと握手しながら、彼は僕の方を見た。

「灰島君、九階から俺が攻撃してくるの気付いたの？　攻撃避けられてビックリしたよ」

「あ、はい。何か風みたいな音が聞こえるって緋色さんに言ったら、『逃げろ』って……」

「噂通り、耳が良いんだね。羨ましい才能だ。次の試合も楽しみにしてるよ」

手を差し出してくる井鳥さんに、握手で応える。大きくてがっしりした腕。こんな腕で投擲したら、いくらでも遠くに飛ばせそうだ。

「他のメンバーも強いよ、頑張ってね」

言い残して去っていった強敵を見ながら、緋色さんがトランシーバーで戦績を報告する。

【こちら、本館七階、緋色ぞよ。イードリーを倒したぞよ！】

【おう、ステキだな、古桑。よくやった】

上機嫌に褒める調さんの声に、雪葉さんが被せる。

【緋色ちゃん、おめでとう。今、別館の五階で敵を見つけたの。ちょっと一人で仕留めるの難しそうだから、来てもらえないかな？　敵の位置は分かってるから、灰島君は一旦来なくても大丈夫】

そうか、場所が分かってるんじゃ、確かに僕の出番ではないかもしれない。力になれないのはちょっと寂しいけど。

【おう、わかったぞよ、あかりん！】

通話をやめて、手をピョンと上げる緋色さん。

「そーちょん、ちょっと行ってくるぞよ」

「……その手は何ですか？」

「ハイタッチに決まってるじゃないか！」

……その高さだと、手を下に向けないといけないんですけど。

「僕にとってはロータッチですね」

「なんだとー！　見てろよ、あと一年後に二十センチ伸びる予定ぞよ！　毎日牛乳飲んでるんだから！」

ガウガウ怒る緋色さん。うん、その栄養は確実に胸部にいってますね。

「とにかくそーちょん、やったぞよ！」

「そうですね、やりました！」

二人でポンッとハイ&ロータッチ。生きてまた会おう、と言い残して、緋色さんは別館に向かっていった。

さて、これからどう動こうか。玲司さんに指示を仰ごうかな。

そんなことを考えていると、雪葉さんの切羽詰まったような声が聞こえてきた。

【こちら灯。ねえ、さっき緋色ちゃんを呼んだの、誰？】

……………え？　誰、って雪葉さんが呼んだんじゃないのか？

【こちら玲司。いや、雪が呼んだんだろ？　別館五階まで来いって】

【私じゃないの。私も聞いててビックリしたもの。それで、シーバーの電波がちゃんと入

るところまで移動してきたの】

【……ちょっと待て。じゃあ雪、今お前、別館五階にいるんじゃないのか？】

【ううん、本館二階にいるわ】

【おい桑、聞こえるか！　何かおかしい！　本館まで戻れ！】

玲司さんが緋色さんに呼び掛ける。

何だ、何がどうなってるんだ？

【こちら緋色ぞよ。くもっち、別館電波悪くてあんまり聞こえなかっ……うわっ！】

急に悲鳴を上げる緋色さん。

【おい古桑、大丈夫か！】

【……ゆ、ゆーのさん……だいじょぶです。急に狙われてビックリしたぞよ】

【こちら灯。玲司君、これって……】

【ああ、偽物がいるってことだな】

偽物……？　チームメンバーと連絡が取れなくなるリスクを負いながらトランシーバーのグループとチャンネルを掛戸に合わせて、しかも雪葉さんの声マネで喋ってたってことか？　とんでもない敵がいるな……。

【玲司君、どうすればいいかな】

【どっちが偽物かつきとめないとね】

雪葉さんの声に、雪葉さんの声が被さった。明らかに挑発している。

【貴女（あなた）、偽物ね。私の声で喋らないでもらえる？】

【あら、貴女が本物って証拠はどこにもないじゃない】

【ちょっと、今二回連続で喋ったでしょ！】

【喋ってない！】

本当にそっくりだ。普段ならともかく、ノイズ混じりだと聞き分けられない。

でも、結構手強（てごわ）い作戦だな。本物かどうか見分けるだけなら、雪葉さんしか知らないことなんかを質問すればいいから簡単かもしれない。ただ、毎回雪葉さんと話すたびに質問するのは大変だし、「いつでもお前らを攪乱（かくらん）させられるんだぞ」と宣言されたようなものだから、情報戦におけるビハインドと心理的なダメージを負ったのは間違いない。

【こちら湯之枝（ゆのえだ）。古桑、とりあえず別館から本館まで戻ってワタシと合流してくれ。そっちは危ないからな】

真偽入り混じる雪葉さん同士の諍（いさか）いに、調（しらべ）さんが割って入った。

【ゆーのさん！　了解しました。すぐ行きます】

【おい、ちょっと待て。今のはワタシじゃない。古桑、そこにいて時雲（ときぐも）からの指示を待て】

また……調さんも増えた……？

【なんだ急に。まさかお前が偽物か。古桑、本館でワタシと合流しよう】

【違う、お前がワタシのマネをしてるんだろう？】

クソッ、どっちがどっちなんだ……。

【もうどっちが本物か分かんないぞよ！　でもなんとなく、くもっちからの指示を待った方が良い気がする……】

萎れた声になる緋色さん。確かに、声マネしてるのは多分女子で、玲司さんのマネはできないと考えると、玲司さんの指示を待った方が良さそうだ。

【よし、桑、俺が指示出すからちょっと待っててくれ】

【おう、よろし——】

そこで、彼女の声が途絶えた。

【おい、桑。桑！】

【緋色さん！】

呼びかけるものの、返事はない。しばらく経って、ようやく声が返ってきた。

【こちら緋色ぞよ。ひぃはやられたぞよ。今は私が代わりに喋ってるぞよ】

緋色さんの声で、緋色さんではない人。緋色さんはアウトになってしまってもう喋れないのだろう。

【ふふっ、緋色ちゃん、結構混乱してたから、倒しやすかったわ】

続いて、雪葉さんの声。そうか。この人が、この人が全部やったのか。

【ワタシの名前は南条。能力は『声代わり』だ、よろしくな】

最後は調さんの声で自己紹介。なるほど、雛森の情報戦担当は南条さんか。玲司さんがデータ保存型なら、南条さんは撹乱型って感じかな。

【……見事だよ、南条。去年までそんな能力身に付けてなかったじゃないか。あとで顔を拝みに行くから、そのときは地声で泣き叫んでもらおうか】

【ふふっ、楽しみにしてるぞよ。ひぃも返り血で浴衣が汚れないように気をつけるぞよ】

調さんの宣戦布告に、緋色さんのマネで返す南条さん。もう会話が怖すぎてついていけません。

【こちら時雲玲司。コード、2・2・5・2】

玲司さんからチャンネル・グループ変更合図。盗聴を回避するんだな。

えっと、逆にすると、2・5・2・2……1つずつ減らして、1・4・1・1。14チャンネル11グループ、と。これでしばらくは南条さんを締め出せるだろう。

さて、これからどう動こうか。数分かけてゆっくり本館を下ったが、特に敵は見当たらない。玲司さんに聞いてみようかな。

【こちら本館四階、灰島です。玲司さん、どこに行けばいいですか？】

【…………】

返事がない。ノイズだけがブツブツと吐き出される。不安になって、もう一度呼びかけてみる。

【こちら灰島です。あの、みんな聞こえますか？　誰かのヘルプに入った方がいいですか？】

少し時間が経って、声の断片が流れてきた。

【……爽……音……向こうに……戻……】

玲司さんの声だけど、途切れ途切れで内容も分からない。ひょっとしたら、いや、多分間違いない。誰かに、中継器の電源を切られている。元々、上層階以外は極端に電波の入りが悪い建物。中継器なしでは、ちょっと離れたところと通信するのも難儀だ。

『二つある中継器のうち、どっちの電源を切られたか確実に判断することは難しい。どっちかの近くにいるなら、まずはそこをチェックしてほしい』

玲司さんからいつも言われてた、中継器が切られたときの対処法。

今近いのは本館二階だな。よし、指示なしで動くのは怖いけど、行ってみよう。

本館二階は今までいた階より幾分、ひんやりとしていた。冷たい空気は下に行くというのは、こんな大きな建物でも変わらないらしい。

中継器が設置されてる、トイレ付近の鉢植えの近くへ。さっきまでずっとトランシーバーで会話してたからか、いやに静かに感じる。聞こえるのは、ヒタヒタという自分の足音だけ。

なんかだんだん不安になってきたぞ……大丈夫かな、中継器近くで敵が待ち伏せてたりしたらどうしよう。いつでも逃げられるように体勢を後ろへ傾けながら、トイレに向かう曲がり角からゆっくり顔を出す。

………いたっ！　人がいる！　やっぱり待ち伏せしてたんだ！　危うく狙われるところだった。誰だ、陰険なことしてるのは。このスキに攻めてやろうか。鉢植えのところでゴソゴソしてる、背が高くて、柔らかいパーマの茶髪の男子……

「玲司さん」

「おお、爽斗（そうと）。お前も来たのか」

陰険な敵と間違えてごめんなさい。

「僕、本館四階にいたんで。報告聞こえました？」

「いや、お前が喋（しゃべ）ってるのは分かったけど、内容は全然分からなかった。ちょうど一階の階段近くにいたんで、様子見に来たんだ」

「切られてたの、ここの中継器だったんですか？」

「ああ。南条（なんじょう）さんがやったのかな。隠し場所も検討がついていたのかもしれない。彼女、情報戦に関してはプロだな。『声代わり（マジッククリップ）』も厄介だぜ」

指をパーマに絡めて緩い溜息（ためいき）をつく玲司さん。玲司さんも一目置く存在、か。

「でも、玲司(れいじ)さん。電源が切られていたってことは――」

その後に続く、『復旧させに来る僕らを、誰かが狙ってるってことはないんですかね？』という質問は、音となって口から出る前に止められた。

目や耳ではなく、鼻に突然の来訪者。

何だろう、この匂い。別に嫌な匂いじゃない、むしろいい香り。最近どこかで嗅いだことがある。

思い出せ、いつだ、いつこの香りに触れた？　試合中？　いや、試合前？

甘い、いや……甘ったるいわけじゃなくて……柑橘(かんきつ)……っ！

すぐさま枕を構えて警戒する僕に、玲司さんも状況を察して同じように構える。

シャンプーの残り香を纏(まと)って、美湖(みこ)さんが摺(す)り足(あし)で現れた。

「よく分かりましたね、私が来るのが」

「柑橘の匂いがしたんで」

「なるほど、さすが『知りすぎた男(セカンドサイト)』、目と耳だけじゃなくて鼻もすごいんですね。隠し事はできません」

試合中なのに丁寧な挨拶。しかし、その格好はといえば、首から膝下まで布団に包まれた、てるてる坊主の親分のようだった。

「さすが五帝、『鉄壁（てっぺき）』の駒栗美湖（こまぐりみこ）、ですね。そんなに立ち姿が美しいコンフォーター、なかなかいません」

玲司（れいじ）さんは少しだけ微笑（ほほえ）んで彼女を褒めた。

コンフォーター。掛け布団を体に纏（まと）った、防御型のスタイル。敵将と遭遇するなんてかなりの正念場だけど、実際のところ美湖さんの見た目のせいで緊張感に乏しい。

ううん、死ぬほどシュールな光景だぞ、これ……。

「美湖さんと戦うのは去年以来ですね。こちらから攻めさせてもらいます！」

そう言って、玲司さんは枕を彼女の足に向かって投げた。うん、布団が邪魔をしている以上、狙える部分は顔と足しかない。布団だって結構重いから、足を狙えば避（よ）けるのは結構難しいはず。

「甘いですよ」

しかし僕の期待は、美湖さんの軽やかなジャンプで打ち砕かれた。

「弱点に見えるところを攻めればいいなんて、簡単に考えないでほしいですね。一応これでも大将を張っているんですから」

「ふふ、そうですね、すみません。にしても、器用に動きますね」

苦笑いする玲司さん。

「このくらいの動き、造作もありませんよ。部活ではいつもこの格好で動いていますしね」

ええええええ！　その格好で学校にいるの！

綺麗な人だけど変人じゃないか。いや、それ言ったら掛戸の女子もみんな同類か……。

「じゃあ、これはどうですかね！」

僕も玲司さんに続いて、頭に向かって投げる。よし、良いコース！　しゃがんでる時間は与えない！

「残念ですが」

美湖さんは、目にも留まらない速さで布団を体から剥がし、闘牛士のマントのようにバサッと動かして、顔に飛んできた枕のベクトルを変えた。

なんだ今の動き……あんな避け方されるなんて……。「鉄壁」の異名は伊達じゃない。これはそう簡単には崩せないな……。

「ふう、さすがですね」

頬を膨らませて強く息を吐く玲司さんに、美湖さんが柔らかい声で呼びかける。

「ねえ、時雲君、何故私が学校でも布団を羽織っているか分かりますか？　練習しなきゃいけないことがあったんですよ」

前側で布団の端と端を合わせて持っている美湖さん。そのお腹の部分が、少し膨らんだ。

「片手で布団を持つということです」

言うが早いか、布団の前側がバサッと開き、大砲みたいに枕が飛び出してきた。

「うおっと！」

枕は玲司さんの足に向かって一直線に飛んでいき、玲司さんが滑るように寝転ばなければ間違いなく当たっていた。以前雪葉さんから「布団を両手で持つから、攻撃には向いてない」と聞いたコンフォーターの説明を覆す、攻撃的な戦闘スタイル。

「うん、精度も良い感じです。良かった」

ニコニコしながらピョンと跳ねる美湖さん。ううん、こういうタイプの人が一番怖いかもしれない。

このまま二人で戦って勝てるのか。そんな不安を抱えていると、ブツブツと音を吐いてトランシーバーが目覚めた。

【こちら……べ、別館三階、灯。今、「夕顔」っていう宴会場にいるの】

雪葉さんのクールな声色の中に動揺が見られる。恐怖が、現れている。

【敵が近くに来てる、みたいなの。今は隠れてて……でも、その、できたら一人でなんとかしたいんだけど……】

【灰島、灯の応援に向かえるか？】

調さんからの問いかけ。でも、答えることはできないし、すぐ雪葉さんのところへ向かえそうにもない。今は美湖さんとの戦いに集中しないと。

【灰島君……助けに来れるかな……？】

その声に、グッと拳を握る。悔しい。助けに、すぐにでも助けに行きたい。でも……

「爽斗、ＳＯＳには応えてやらないとだよな」

僕に向かって、玲司さんがどこか楽しそうに話しかけた。

「玲司さん……？」

「このまま二人で攻撃を続けても、勝てるか怪しい。本当は立て直したいけど、易々と逃がしてもくれないだろう。ここは俺が食い止める。だから雪を、助けに行ってやってくれ。できるか？」

ああ、ああ。くそう、カッコいいなあ。僕もいつか、こんな風になりたい。

「大丈夫です、いけます」

「オッケー。隙を作るから逃げろ。スピードならコンフォーターに負けることはない」

無言で頷く僕に、ニッと笑って返す。

「でも玲司さん、隙なんか作れますか？」

「任せとけって」

「随分な自信ですね」

僕たちの小声の会話を、美湖さんが静かに遮った。

「私が逃がすとでも？」

「さあ……そればっかりはやってみないと」

浴衣の袖を軽く捲(めく)った玲司(れいじ)さんは、両腕のパワーアンクルを外して浴衣のポケットに入れた。

この二週間、「攻撃力を上げる」と言っていた彼が登校から下校まで必ずつけていた重し。それを外し、美湖(みこ)さんが布団で弾(はじ)いた枕を左手で拾った。右手にはもう一つの枕。

「『両手で花と散れ(クロス・オーバーキル)』、実践初披露だっ！」

少し角度をつけた両手をクロスさせるように投げた二つの枕は、片方は頭、もう片方は足をターゲットに飛んでいく。上にジャンプしても下にしゃがんでも避(よ)けきれない、絶妙にいやらしい技。

「くっ……！」

布団をバサッと頭の周りで回転させて上軌道の枕を防ぎながら、ジャンプする美湖さん。アウトにはできなかったものの、相手が反撃するまでに十分なラグができた。

「爽斗(そうと)、今だ！」

「はい！　玲司さん、死なないでください！」

「おう、やるだけやる！」

急アクセルで走り出し、そのまま二階の連絡通路を渡って別館へ向かった。

無鉄砲にダッシュしたりはしない。助けに行く前に倒されたら、意味がない。耳と目を駆使して、早歩きで進んでいく。大丈夫、僕なら敵に気付ける。そうやって練り上げた自信を胸に、彼女のいる場所へと距離を縮める。

そして、敵を見つけないまま、敵に見つからないまま、宴会場「夕顔」まで来た。

一応枕を構え、カラカラと最小限の音を立てて引き戸を少しだけ開ける。敵がいたら音が聞こえるはずだけど、何も聞こえない。よし、行くぞ。

次の瞬間で、僕はガラッと最後まで引き戸を開けた。そこは、別館だけあって、窓があるのにほとんど光の入らない、畳が敷き詰められた広くて真っ暗な空間。

「雪葉(ゆきは)さん」

彼女の名を呼ぶと、数秒経(た)って、彼女が柱の陰からそっと顔を出した。急いで彼女の前まで走る。彼女は、一目で分かるほど全身がカタカタと震えていた。

そして、消え入りそうなか細い声で、僕の名前を呼んだ。

「灰(はい)、島(じま)君」

「遅くなってごめんなさい」

「なんで……？　返事ない、し……無理だと思ってて……」

恐怖なのか、安堵(あんど)なのか、彼女の声は泣き声に変わっていた。手を伸ばせば触れられる距離に立ち、彼女の瞳の光で、目元が少し濡(ぬ)れているのが分かる。いつもの試合中と違う、捨てられた子犬のような不安げな目つき。よっぽど怖かったに違いない。

そう、普段はゆるふわで優しくて、枕を持ったらクールでカッコよくて、でもたまにこんな風に怖がりになる、この人を助けるために僕は来たんだ。

「約束したじゃないですか。雪葉さんのこと、守りますよって」

そう言うと、目を丸くした彼女は、目元の涙を拭ってフッと顔を綻ばせる。

「……ありがとう。すごく、すごく嬉しい」

その表情が見られただけで、もう十分だった。

「うん、怖かったの少しだけ治まったかな。ありがとね」

ふう、と息を吐いた彼女がもう一度目を開くと、大分クールな表情に戻っている。これなら、もう少しすれば戦えるだろう。

「でもびっくりした。連絡来なかったから、来るの難しいんだろうなって」

「あ、すみません、報告してなかったですね」

余りにも急ぎすぎて、トランシーバーで連絡してなかった。一緒に柱に寄り掛かるようにして座りながら、通話ボタンを押す。

【こちら別館三階、灰島です。さっきまで本館二階で玲司さんと一緒に中継器を復旧させてたんですけど、美湖さんと鉢合わせました。雪葉さんに呼ばれたので、玲司さんが僕だけ逃げだせるようにしてくれて、たった今雪葉さんと「夕顔」で合流しました】

手短に状況を報告すると、調さんが【そうか、よくやった】と褒めてくれた。

【ミーコは手強かっただろ。よく逃げられたな】

【はい、めちゃくちゃ強かったです。玲司さんが『両手で花と散れ（クロス・オーバーキル）』で攻めて隙を作ってくれました】

【練習の成果が出てるな、ステキだ。そういえばワタシは深町（ふかまち）を倒したぞ】

【ホントですか！】

深町さんってあの背の小さい人だったな。

【ああ。小柄だが攻撃に見どころはある。殺（や）るには惜しいヤツだった。もう一度戦ってみたかったな】

【再戦すれば明日にでも戦えますけど】

死んでないですからね！

【しかし、話題に出しても時雲（ときぐも）から反応がないな】

まだ戦っているのか、もう倒されたのか。アウトになったら連絡もできないから、知る術（すべ）はない。どうか、無事でいますように。

【楽観視は危険だ、時雲も倒されたと考えておいた方がいいだろう。これで三対三だ。灰島、灯（あかり）のサポートを頼むぞ】

【はい、任せてください】

そうしてトランシーバーでの会話を止（や）めて数秒後、廊下の方から小さな足音が聞こえた。

急いで彼女の耳元に寄り、話しかける。

「雪葉さん、あの」

「んっ……」

途端、雪葉さんは座ったまま背筋をピッと伸ばし、ビクンッと体を揺らして反応した。

「……急に耳打ちしないで」

「は、はい……」

この宴会場の暗闇に完全に目が慣れた僕に十分認識できるほど赤みを帯びた雪葉さんが、復活したクールな表情をほぼ崩さないまま、小さく頬を膨らませてこっちを見た。それを見て、僕の顔も一瞬で沸騰したように熱を持つ。

な、なんだこの興奮は……。嗚呼、神様、なぜ彼女に「耳が弱い」なんて属性を加えたんでしょうか。新しい表情が知れて嬉しい反面、理性が保てるか分かりません。

「それで灰島君、どうしたの？」

「敵が近づいてます」

「マズいわね、私ももう少し落ち着いてから臨みたいし……」

彼女は周囲を見渡し、「こっち」と僕を誘導した。部屋の一番の押入れの襖を静かに開けると、そこには布団セットが何組も入っていた。

雪葉さんは、それを全て引き出し、そしてその山に隠れるような形で敷き布団と掛け布団を準備する。

「灰島君、この中に入って」

「は、はい」

　僕が慌てて布団に潜ると、雪葉さんも同じ布団に体を滑り込ませた。ホテル雅(みやび)の練習試合と全く同じ。触れるか触れないかギリギリの距離で、彼女と一緒の布団に入っている。

　外の足音が聞こえなくなった。宴会場は幾つもあるから、別の場所を見に行ったのかもしれない。

「静かにね」

　耳元で囁(ささや)かれた瞬間、体を寄せたせいで彼女の手が僕の腕に触れ、心臓が爆発するかと思うほど鼓動が加速する。でも、その手が震えているのを感じた。暗い暗い布団の中で、クールになりきれず、どこか不安げな表情を浮かべているのが見えた。

　本人は軽い症状だと言ってるけど、暗所恐怖症でこんな場所にいて、怖くないはずがない。練習試合のときはただただこのシチュエーションに舞い上がっていただけだったけど、今はちゃんと、彼女のことが分かる。

「雪葉さん、大丈夫です。僕、暗くてもちゃんと見えるし、聞こえますから」

「うん……うん、灰島君は『知りすぎた男(セカンドサイト)』だもんね」

　腕に触れていた彼女の手を握る勇気はなくて、でもちゃんとそばにいることを伝えたくて、トンッと一瞬だけ手の甲に触れる。

「絶対勝ちましょうね」

「ありがとう。灰島君がここにいてくれるから、あんまり怖くないって思える」

雪葉さんは布団の中でもぞもぞと動く、布団に隙間が開いて、少しだけ明るくなる。

やがて彼女は、静かに小指を突き出す。

「ちゃんと敵を見つけて一緒に戦うって、約束して」

「……任せてください」

誰にも見られない場所で、僕と彼女は秘密の指切りをした。

「さて」

かなり落ち着いた雪葉さんと一緒に布団から出る。耳を澄ませると、廊下から音が聞こえてきた。さっきの敵が戻ってきたのかもしれない。

「来ますよ」

「分かったわ」

二人で部屋の中央に陣取り、枕を構える。ガラッと勢いよく引き戸を開けて入ってきたのは、枕の他に座布団も持った二年の男子、刈谷さんだった。僕たちが臨戦態勢でいることに、軽く面食らっている。

「強襲しようと思ったんだけどなあ。足音に気付いたの？　耳がいいね」

「ありがとうございます」

僕の返事に彼は「褒めてないって」と苦笑した。

「灰島(はいじま)君と灯(あかり)さんか。ねえ灯さん、君もトリックプレイヤーなんだよね？」

宴会場の隅に積まれた座布団を手に取り、ポンポン蹴る刈谷(かりや)さん。パーマを当てたボブのせいか幼く見える。

「僕も君と同類だよ。もっとも僕は座布団専門だけど。能力は『昇天大斬り(バッドクッション)』、座布団使わせたら右に出るヤツはいない」

言いながら、突然折った座布団をババッと投げてくる。目眩(めくら)ましのつもりか、と思っていると、雪葉(ゆきは)さんの激しい声が飛んだ。

「しゃがんで！」

ほぼ同じタイミング、折れていた座布団が元に戻って、中から枕が顔を出す。

「うわっ！」

床に突っ伏して、ギリギリで避(よ)ける。雪葉さんの声がなかったら今の攻撃で……

「どうかな、和菓子をイメージしてみたんだ。皮に包まれたアンコみたいだろ？」

笑いながら、勢いそのまま雪葉さんに座布団二枚を同時に投げる。二つ同時に躱(かわ)すのは難しく、やむなく座布団に当たる雪葉さん。その視界が遮られる一瞬を狙って、刈谷さんがすぐさま、落ちている枕を拾って投げる。

雪葉さんはそれをしゃがんで避け、すぐに足に向かって何かをシュッと投げた。

「おっと」

ジャンプすることを予想して、僕も間髪容（い）れずに頭上に向かって枕を投げる。が、彼は雪葉さんが投げた白いものをタイミング良くトンッと踏みつけ、首をクッと捻（ひね）って僕の枕を壁に逃がした。

「ニセモノの枕、だよね。スピードで分かったよ。よくできてるね、灯さん」

「烏丸（からすま）戦ではうまくいったんだけどな。刈谷君だっけ。あなたもなかなか鋭いわね」

相対（あいたい）しながら、二人で笑った。

「さて、じゃあ第二ラウンド！」

刈谷さんの掛け声で、また同時に動き出す。

雪葉さんが枕を投げると、刈谷さんは床の座布団をトンッと蹴り上げ、防御壁にして防ぐ。そのまま座布団を盾にしつつ刈谷さんが反撃すると、雪葉さんは近くの壁に幾つも立てかけてあった折り畳みの長机の裏に飛び込んだ。

続けざま、長机に隠れながら、敵に気付かれないように「履かない命（スリップスリッパ）」を繰り出す雪葉さん。スリッパブーメランは見事な軌道を描いてターゲットの背中に当たったが、刈谷さんは気にも留めない。当たった感触から枕じゃないことを察し、トリックだと感づいたんだろう。

「これはどうかな」

座布団二枚の間に枕一つを挟み、横に重ねて投げてくる。上下の座布団にぶつかって軌道が変わる枕は、予想もしない方向へ飛んでくる。雪葉さんが横に跳んで避けると、今度は座布団を三枚同時に投げてくる。顔に当たらないよう体を捻ると、その動きを見透かしていたかのように枕が飛んできた。

すごい……座布団だけでこんなにバリエーションある攻撃ができるなんて……。

でも、さすが掛戸のエース、雪葉さん。枕の弾道を見極めながら、素早く動いて躱しつつ、投枕して反撃する。決着のつかないまま、気がつけば五分以上経っていた。

「すごいね、灯さん。想像以上だよ。今日戦えて良かった」

「……やるわね、刈谷君」

軽く息を切らしながら、雪葉さんが答える。その直後、僕にしか拾えないであろう、微かな声が聴こえた。

(マイク)

すぐに視線を泳がせる。部屋の隅にカラオケセットがあり、マイクが台に置かれていた。

マイク？　なんでマイクなんか……いや待て、ひょっとして必要なのは……そうか、そういうことか！

雪葉さんを見て軽く笑う。彼女も僕を一瞥し、口をキュッと結んで軽く微笑んだ。

「……行くわよ」

雪葉さんが座布団を連続で投げ返し、刈谷さんは避けるのも面倒とばかりに体に当てた。

僕はその隙に、マイクに向かって走る。ジャックをカラオケ機から抜き、マイク本体も外して、コードだけを雪葉さんにパスした。

「ありがと、灰島（はいじま）君」

次の瞬間、コードをヒュンヒュンと回し、相手の足元に向かって投げる。

五月に何度も自分の足に巻かれた実験。雪葉さんが本気で笑った顔を初めて見た実験。

あの時と同じように、コードは敵の左足にシュルルッと絡みついた。「マイクで巻いて（ジャックスネーク）」、実戦初お目見えだ。

「よく思いつくね」

動けなくはないけど、さすがに厄介なのだろう。コードを外そうと、足をブンッと振る。

その間に雪葉さんが距離を詰めると、刈谷さんはすぐに数歩下がって間合いを保った。

雪葉さんはすかさず、帯に挟んであったスリッパブーメランを取り出す。

……え？　ここで枕を投げるんじゃないの？

驚いて雪葉さんの方を向くと、彼女は敵のほんの少しだけ上を見ていた。同じ方向に視線を合わせてみる。

……ああ、なるほど、そのためのスリッパか。旧武道場で何度も練習してたもんな。

ヒュパンッ！

勢いよく投げられたスリッパは、刈谷(かりや)さんの頭遥(はる)か上を飛んで、向きをこちらに変えた。

「どうしたの、スリッパなんか投げて。しかもコースもハズレ。枕を投げればいいのに」

「ううん、いいの。投げる準備はもうできてるから」

ポンッ

彼女が言い終わったタイミングで、刈谷さんの後頭部に浴衣の帯に巻かれた枕が当たる。

「なっ……！」

首を何回も往復させて、後ろと僕らを見返す刈谷さん。

「『誰かの死技(ゴーストトリック)』。トリックプレイヤーは、どこにトリックを隠すかが重要ね。あなた、ここに来た時点でトリックの標的だったの。その位置に来るように誘導するのに苦労したわ」

端に枕を巻きつけた帯。これを振り子に見立て、吊(つ)るされた電気の上部に帯の反対側を結わえて、枕を結んだ部分を天井にテープで若干緩めに留める。あとはスリッパで枕の部分を狙えば、テープの剥(は)がれた枕が勢いをつけたブランコのように動いて敵に当たるって寸法だ。僕がこの部屋に入る前から、用意していたらしい。

的確な誘導とスリッパブーメランの精度あっての技。相手にとっては、本当に得体の知れないヤツに狙われた気分だろう。

「枕は帯が付いていても当たり判定はある……うちの井鳥(いどり)もそうか……参ったな、こんな仕掛けまで用意してるなんて。僕が部屋に入ったときから、君の作戦は始まってたんだね」

座布団を拾ってピンッと指で弾きながら、刈谷さんは笑った。

「良い試合ができたよ、ありがとう」

「こちらこそ、次も負けないわ」

雪葉さんと握手して、刈谷さんは部屋を出て行った。

「灰島君。声に気付いてくれてありがとう」

「いえ、ばっちり聞こえました。雪葉さんも良かったですね、新技が成功して！」

「ええ、武道場で特訓した甲斐があったわ」

束の間の穏やかな空気。よし、これで向こうはあと二人だ。

【こちら別館三階、灯。刈谷君を倒したわ】

【さすがだな、灯。これでしばらく、敵はそのフロアには来にくいだろう】

【ですね。仲間が死んだ戦場にすぐ行く気にはなれないでしょうし】

【ふははっ！　その通りだな！】

別館で若干聞き取りづらい中、ノイズ混じりの調さんの声が、イヤホンから聞こえる。

そのとき、聞いたことのない声がシーバーに侵入してきた。

【あれ、刈谷は倒されちゃったのか。やっぱり強いね、灯さん】

その相手が誰かは聞くまでもない。今残っている敵のメンバーで、本当の声を知らない人は一人しかいない。

【南条さん、ね】

【ご明察】

雪葉さんの質問に、笑ったような声で答える。これが、彼女の地声。

【また盗聴か。自軍の声も聞かずに、大した余裕だな。で、掛戸に何の用だ？】

調さんも会話に入る。

【おお、湯之枝さんか。いや、雛森も残りは三年生二人しかいないんでね、攻めていこうと思うよ。まずは灯雪葉さん。今から私が討ちに行く。別館三階で待ってて】

盗聴していたのか、刈谷さんから報告を受けていたのか、こっちの情報も筒抜けだ。

【でもって、湯之枝調さん。貴女のことは、うちの大将が仕留めに行きます】

【ほお、それは楽しみだな。南条、既に知ってるとは思うが、ワタシは本館九階にいるぞ】

調さんの丁寧なヒントに返答したのは、美湖さんだった。

【もちろん知ってます。シーラ、今から行きますから、少し待っていて下さいね】

【ふははっ！　望むところだ！】

トランシーバーを胸に戻しながら、雪葉さんを見る。彼女はふうと息をついて少し微笑んだ後、ぴょんと跳ねた白い髪を揺らしながら、「灰島君」と口を開いた。

「湯之枝さんのところに行ってあげて。私はもう大丈夫だから。三年生相手だって、そんな簡単には負けないわよ」

「雪葉さん、でも！」

「灰島君の目と耳は、攻めと守りの大きな要だと思う。試合に勝つために、存分に湯之枝さんに力を貸してあげて」

「……そう、ですよね」

分かっていたけど、そうだよな。左脳から零(こぼ)れた思いに、右脳から零れる想(おも)いが混ざる。

できることなら、雪葉さんの力になりたかった。好きな人に向かってこれから敵が攻めてくるっていうピンチの時に何もできないなんて、やっぱり悔しくて。

でも、雪葉さんが試合に勝つことを望んでるなら、そうしてあげたい。ちゃんと勝って、また一緒に決勝トーナメントを戦いたい。

軽く息を吐く。スッキリした頭から、軽やかに言葉が溢(あふ)れて口から飛び出す。

「次は、最後まで雪葉さんと一緒にいる気ですから」

告白みたいな台詞(せりふ)に、彼女は一瞬きょとんとし、その後、フッと口元を緩める。

「うん、期待してる」

普段の笑顔も好きで、試合のときのクールな顔も大好きで。枕を持つ手に力が漲(みなぎ)る。

「じゃあ雪葉さん、生きてまた会いましょう」

「ええ、お互い死なないようにね」

戦争みたいな別れの挨拶で、僕は別館を後にした。

必死に階段を上る。僕が行く前に勝負がついてたら何の意味もない。この速さで上れば、もし布団を纏った美湖さんに見つかったとしても追いつかれないだろう。

「調さん！」

最上階九階のコンシェルジュデスク前に、調さんはいた。

「来てくれたのか、ありがとうな。灯は大丈夫なのか？」

「調さんの方に行ってあげて、って言われて……」

「なるほど、灯らしいな」

黒髪ロングを手で流しながらフッと笑う。

「美湖さんは？」

「まだ来てない、と思う。狙われているかもしれないがな」

枕をくるくると回しながら、口の端をキュッと結んでこっちを見た。

「灰島、一緒に探してくれるか？」

我が軍の大将に頼られて、自然と笑顔になる。

「……そのために来たんですよ」

会話を止(や)め、感覚を研ぎ澄ませながら、辺りを見回す。

何の明かりもなく、何の音もなく、無だけが漂う。

あの山での特訓を思い出せ。あの通りにやればいい。

他の人が見えないものを見ろ、誰も聞こえない音を聞け。

それが僕の能力、「知りすぎた男(セカンドサイト)」。


廊下の遥(はる)か先に視線を向ける。僅かな音が、ぼんやりとした輪郭が、相手の「存在」を知らせた。

「調さん、四十、五十メートルの遠投ってできますか？」

「ああ、できるぞ」

軽く言うなあ。カッコいいなあ。

「あっちの方向に向かって投げて下さい」

「まかせと……けっ！」

僕の指差した方向にアンダースローで枕を放る。何の感触もないままドスンと落ちる枕。

しかし、その少し奥から、気配を消すのを諦めたように足音が響く。

「ふうん。よく分かったな、灰島」

「実は目と耳が良いんですよ、僕」

ニンマリしながら言った僕の冗談を、落ち着いた声が掻き消す。

「随分遠くから歓迎してくれるんですね」

雛森の大将、駒栗美湖さんがゆっくりと歩いてきた。

「私が来ること、よく気付きましたねシーラ。こっそり狙おうと思ってたんですけど」

「ああ、鼻が利くヤツが一人いてね」

調さんが僕の頭をグリグリ捏ね回す。

「灰島君ですか。掛戸も良い人材を手に入れましたね」

手に持った枕をチラッと見て、調さんの声が変わる。

「さてミーコ、悪いが息の根止めさせてもらうぞ」

「ふふ、こっちの台詞です。殺るのは私です」

五帝、「縮地」の湯之枝調、「鉄壁」の駒栗美湖。

最強の二人が、不敵な笑顔で向かい合う。

美湖さんが真っ直ぐ立つと、調さんは腰を下げて、腕をおろした。

「『軌道確保』、食らってみるか」

そのまま腕を前回りに一回転させ、十八番のアンダースロー。

「よく寝な」

さっきの遠投はちっとも本気じゃなかった。そう思わせるほど、段違いのスピードで美湖さんに向かって突撃する枕。

膝下三、四センチ、掛け布団の防護壁がないギリギリの境目に向かって進んだ枕を、美湖さんは軽々とジャンプで躱(かわ)した。布団を持ちながら、あの跳躍力か……。

「まだまだあ！」

着地の瞬間を狙って、今度は顔に向かって投げる調さん。

美湖さんは布団を一時的に剥(は)がし、バサッと翻(ひるがえ)して枕を跳ね返す。さっき玲司(れいじ)さんにやったのと同じだ。

「今度はこちらから行かせて頂きます」

布団をすっぽり被(かぶ)りなおした美湖さんは、その布団を握っている胸の部分から射撃のように枕を放った。

「受けてください、シーラ」

「ふははっ！」

ドンッ！

美湖さんの投げた枕は、調さんの手前で落ちていた。もう一つの枕と一緒に。

「それ、リュージの技ですね。まさかシーラも同じことができたとは、驚きです」

準決勝、烏丸(からすま)戦で汐崎隆司(しおざきりゅうじ)さんが見せた「遠隔相殺(イコールゼロ)」。相手の枕に対して反対方向のベクトルで枕を投げることで、力を相殺する。

「まあ、命中率はリュージには到底及ばないけどな、偶然みたいなものだよ。ただ、これでミーコの技を封じられる可能性ができたってことだ」

調さん、最近は壁に向かってずっと早投げを練習していたけど、この練習だったのか。

「なるほど。でも、こちらも練習してなかったわけじゃありませんから」

美湖さんはニッコリ笑った。ううむ、何か怖い。

そして布団のままくるくる回り出す美湖さん。ううむ、本当に怖い。

「灰島、気をつけろ。多分キケンな技だ」

調さんが小声で呼びかけた、次の瞬間。

バアン！

調さんの肩の上を枕が高速で通過し、柱にぶつかった。

今の勢いは……まるで、井鳥さんの……

「灰島君は戦っているから分かりますよね。井鳥君の投擲のアレンジです」

息を飲む僕に、美湖さんが補足してくれた。

「なるほど、回転する布団に枕を乗せて、遠心力で飛ばしたのか。コントロールも抜群だ。やるな、ミーコ」

「『回転射出の魔術師』、最近編み出した技です。外山戦と烏丸戦合わせて、この技で四人倒しました」

トントンと軽くジャンプしながら、美湖さんの声のトーンが下がる。

「もう一発いきましょうか」

また回転を始める美湖さん。この隙を調さんが狙わないはずがない。無防備な足に向かって枕を投げる。

「……そう来ますよね、当然」

美湖さんは回転しながら跳んだ、いや、飛んだ。

布団姿のままジャンプしたとは思えない高い座標から、回転する布団に乗せて、ボーガンのような勢いで枕を発射した。

「クッ……」

横にジャンプして避ける調さん。転がりながら枕を拾い、美湖さんの着地を狙って、両手で二発、顔と足に投げる。美湖さんは着地後すぐに後ろに跳んで足に向かう枕を躱しつつ、布団を上に払って頭への枕を防御した。

「クックッ、さすがだな、ミーコ。まあ、始めから二発ではないと思ってたけどな」

二発ではない……？　あ、そういえば美湖さん、さっき僕たちに向かって三発目の枕を投げてきた。

「灰島君も気付いたみたいですね。今回、南条さんと刈谷君と深町さんは、それぞれ一つしか枕を持ってません」

「……つまり、五発布団の中に隠し持ってたってことか」

「中身がバレないのも、コンフォーターの利点ですね」

フフッと笑う美湖（みこ）さん。確かに刈谷（かりや）さんも枕を拾いながら戦ってたな。

枕を一つしか持たないなんて、大きな攻撃力ダウンに違いない。それだけ美湖さんに絶対的な信頼を置いてるってことだろう。そして、布団に加えて枕を五つ持てる美湖さんも、細い見た目と裏腹に信じられないパワーだ。

「まあ、シーラが避（よ）けてる間に拾うつもりなので、無尽蔵に打てると思ってもらって結構ですよ」

言いながら、美湖さんが足を摺（す）るようにゆっくりと動かす。「回転射出の魔術師（ガトリングウィザード）」の準備に違いない。

あの布団の中には、枕があと二発。

「では参ります」

クルクルと回り始める美湖さん。僕は調（しらべ）さんに一歩近づき、小声で呼びかけた。

「調さん、僕が発射する瞬間に合図します。避けられるように構えて下さい。こっちが隙を見せなければ、弾切れになるはずです」

「できるのか？　視力と動体視力は違うだろう？」

確かに違う。あの回転スピードの中、発射の瞬間を見抜くのは難しい。でも。

「目じゃありません。音で感じます」

「……なるほど、分かった。頼んだぞ」

ニッと口を曲げて、調さんは僕の肩をパンッと叩いた。

「はい！」

返事をして、すぐに目を瞑る。神経を全て、聴力に集中させる。

ヒュウ　ヒュウ　ヒュウ　ヒュウ……

布団が回転して風を切る音。枕を布団の中から出すタイミングできっと音が変わるはず。

絶対に、聞き逃さない。僕の力を信頼してくれる人の為に。

ヒュウ　ヒュウ　ヒュウ　カサッ

「来たっ！　調さん！」

目を開いて叫ぶ。同時に、枕がヒュパンッと音を立てて調さんに迫る。

調さんは瞬時に体を捻ってそれを避ける。

ヒュウ　ヒュウ　ヒュウ　ヒュウ　ヒュウ　カサッ

「次です！」

「おう！」

続けて飛びだした剛速枕から、その場でスライディングして逃げる。紙一重だったけど、

これで相手は一旦は弾切れだ！

「しぶといですね、シーラ」

「灰島に発射のタイミングを教えてもらったからな」

顔から笑みを消して、落ちている枕を拾いながら美湖さんが口を開く。

「厄介ですね、灰島君……先に貴方から殺りましょうか」

枕を構えて美湖さんの挑発を聞いた調さんは、やがて口を開いた。

「……うちのメンバーは変わったヤツが多くてさ」

枕を持った腕をだらっと伸ばす。やや下を向いているから、顔はよく見えない。

「まあ、ホントに変わったヤツらだよ。語尾が『ぞよ』のムードメーカーとか、記憶力は抜群だけど常に妄想全開の変態とか、普段おっとりしてるのに枕を持つと人が変わる才女とか、何でも見えて聞こえるけど先輩に感化されて変態が感染ってきた新人とか。まあ、ワタシもこんな部活を作ったくらいだし、変わり者に違いはないけどな」

クックッと歯を見せて笑う調さん。雷のイヤリングが興奮するように揺れた。

「でも、私はそいつらのことは気に入ってるんだ。一緒に試合やるだけでも楽しいけど、どうせなら試合に勝って、一緒にお茶で乾杯して、勝利の朝風呂に浸かりたい」

少し警戒を強めながら、美湖さんは黙って話を聞いている。

「今はみんなに支えられてなんとか勝ってるけど、もっと勝てるようになるためにはワタシがもっと強くならなきゃいけない。それが主将の、ワタシの務めだ」

プロテクターを付けた手で、枕を強く握る。伸ばしていた腕に、力が入る。

「ってことでミーコ、倒させてもらうぞ」

下を向いていた顔を真正面に上げた。口を大きく開けて、不敵に、そして楽しそうに笑っている。目をギンッと開き、枕を下から前方向に回し始めた。枕が最高点に達し、その勢いのまま後ろへ。

このまま一回転させればいつものアンダースロー。でも、今回はそうじゃない。腕が少し斜めになり、手は地面と水平に。足もバレエのように前後に開き、腰も落とす。

「布団被ってるから、この言葉はお似合いだな」

アンダースローと見せかけた、超低位置からのサイドスロー。

「ミーコ、よく寝な」


フォンッ！


強烈な風の音が響き、枕がサッカーボールのように回転して地面を這いつくばる。

しかし、這いつくばっていたのも束の間、枕はどんどん高度を上げて美湖さんに迫った。

ドガンッ！　バサアッ！

美湖さんの肩まで上昇していた弾は、布団を弾き飛ばして敵の後ろに落ちた。

「灰島（はいじま）！」

「うおおおおおお！」

言われるより先に、枕を構えていた。

いつもの練習を、ロングシュートを思い出す。最後まで相手を意識して、コースを思い描きながら、思いっきり。

ポンッ

調（しらべ）さんのに比べて数段勢いの劣る枕は、布団が剥（は）がれた美湖（みこ）さんの膝に当たった。

初めて、相手に枕が当たった。

「やった！」

「よくやったな、灰島！」

僕に駆け寄って、頭をグシャグシャする調さん。

「……シーラ、いつの間にこんな技覚えていたんですか？」

剥がされた布団を軽く折り畳みながら、美湖さんが溜息（ためいき）混じりに口を開く。

「ああ、この一ヶ月（かげつ）くらいで体得したよ。名付けて『常勝気流（ライジング・ライディーン）』だ」

「……ふふっ、ネーミングセンス、シーラらしいですね」

美湖さんが笑う。さっきまでとは違う、本当に可笑（おか）しいというときの笑い方。

「ふははっ！　相変わらずセンス良（い）いだろう！」

調さんも一緒に笑う。そうか、この変わり者の先輩二人は幼馴染だったな。

【こちら湯之枝。ワタシと灰島でミーコを倒したぞ。桔梗杯、予選突破だ！】

【わほーい！　ゆーのさん、そーちょん、おめでとう！】

【やりましたね、調先輩！】

【灰島君も、おめでとう！　良かったねえ】

【はい、ありがとうございます！】

他の変わり者の先輩とも、喜びを分かち合う。

さあ、部屋に戻って、お茶で乾杯しようか。

「結局、雪葉さんは南条さんと相討ちだったみたいですね」

「やっぱり美湖さんの強さがズバ抜けてるな。俺も一分と持たずに負けたよ」

「いやあ、僕も調さんいなかったら即死でしたね」

試合でクタクタになって一眠りした朝七時。温泉に入りながら、玲司さんと話す。

「爽斗も次に向けて、もっと強くならなきゃだな」

「玲司さんも、次回は中継器の隠し方を変えなきゃですね」

「余計なお世話だ、このやろ」

　ああ、ホント、勝って入る温泉は、最高だなあ。

「ぶわっ！」

　顔をお湯に押しつけられる。二酸化炭素泉の泡が顔中について、二人で笑う。

　温泉を出ると、調さん、雪葉さん、緋色さんがお出迎え。

「お、くもっち、待ってたぞよ！」

　調さんは相変わらず、水気の残るロングストレートが艶っぽい。

　緋色さん、鎖骨が織りなすポケットから胸元に滑り込む水滴が生唾ものです。

　そして雪葉さん、貴女の脚は人に見せるためにあるのですか！　人を魅せるためにあるんですか！　なんでしょう、その色白の中に仄かなピンクを帯びる桃色パラダイス。その膝の上はきっと、想像さえ許されないサンクチュアリ！

「あ、またそーちょんがだらしない顔になってる。変なこと考えてるぞよ！」

「灰島、お前というヤツは」

「ふふっ、灰島君、玲司君の毒が感染ったんだねえ」

「ち、ちち違います！　そんなことは！」

　呆れる女子三人を前に、思いっきり手を振って否定すると、玲司さんは眼鏡の奥で糸目をキュッと細めてニコリと微笑んでいる。

「爽斗、お前この三人のうち、誰の髪を鍋つゆで煮込みたい？　俺は色合い的に、桑の白っぽい髪と味噌(みそ)のつゆの相性がいいと思うんだが……」

「煮込まないです！」

妄想とツッコミと笑いの渦巻く日曜が、騒がしく始まった。

「勝利の喜びにずっと浸っているわけにもいかないな。来月は決勝トーナメントだ」

駅に向かいながら、横を歩く調さんがクッと口を結ぶと、雪葉さんが「湯之枝(ゆのえだ)さん」と声をかけた。

「五帝の残り二人も決勝来ますよねえ」

「ああ、『不動(ふどう)』の三条(さんじょう)と、『瓦解(がかい)』の桐ヶ谷(きりがや)、どちらも残ってるらしい。リュージやミーコと実力は同等、もしくはそれ以上だ。他にも、『魔女の超箒的措置(スマッシュヒット・ウィッチ)』を使う八重(やえ)や、『前人未踏(グランド・グラヴィティ)』という謎の技を使う一年生もいるらしい。決勝トーナメントはフラッグ戦とメディック戦だし、死闘は免れないな」

「ふふっ、頑張って全員倒さないとだなあ」

隆司(りゅうじ)さんや美湖(みこ)さんを超える敵がいる。しかも相手も予選を勝ち抜いた強豪だ。とんでもない試合になるだろう。

「でも灰島君もすごく成長してるし、きっと大丈夫だよね。今回もホントにすごかったよ！　刈谷(かりや)君を倒せたのも、最後に美湖さんの攻撃に対処できたのも、灰島君のおかげだと思う」

「あ、ありがとうございます」

こんなにストレートに褒められると、嬉しくて頬が緩んでしまう。

「しかし灰島、部長のワタシから言わせてもらうと、もっと進化してもらわないとだぞ」

「進化、ですか？」

「ああ。お前の目と耳は大きな武器だ。でも、それだけではこの先、多分しんどい。攻めにも転じれるような攻撃技を編み出さないと、守られるばかりになる」

体が震える。不安が半分、武者震いが半分。胸の奥が、徐々に熱くなっていく。

「分かりました。考えてみます」

次の目標ができた。もっと、もっと強くなってみせる。

「雪、やる気出てきたな」

「そうだねえ、またいっぱい練習しないとだね」

「おっ、時雲も灯も気合い十分だな。安心してくれ、今年の夏練習は去年よりハードにするから、頑張ろうな」

「う……去年よりもですか……俺、去年死ぬほど辛かったんですけど。なあ、桑？」

「確かに！　楽しかったけどめっちゃキツかった！」

後ろにいた玲司さんと緋色さんが、先頭まで走って調さんに並ぶ。

「ゆーのさん、せめて去年並！　去年並にしましょう！」

「そうそう、ぜひ再考を！」

熱弁も虚しく、調さんは「練習メニューを作らないとな」と腕をブンブンと回す。

「うう、怖いぞよ……。そーちょんもゆーのさんに言ってあげてよ、勝っても負けても枕投げは楽しいですって！」

「そうだそうだ、言ってやれ爽斗！」

助けを求める目で僕を見る二人。

「そうですね。勝っても負けても楽しいですけど……」

でも、やっぱり。

「どうせやるなら勝ちたいですしね！　ハードにやりましょう！」

「おおっ、灰島君、やる気だなあ！　私も頑張るよー！」

「そーちょん！」

「爽斗！」

勝っても名誉もないしニュースにもならない部活だけど、どうせバカやるならとことんやってみてもいいかな。

高らかに笑う調さん、怒って僕の頭を叩く玲司さん、足にゲシゲシ蹴りを入れてくる緋色さんに、それを見てニコニコしている雪葉さん。

　さあ、やってくる暑い夏を、この五人で青春してみようか。


　ようやく駅まで着き、調さん、玲司さん、緋色さんが改札を通る。

　前でＩＣカードをかざそうとした雪葉さんの手を、ぐいと引っ張った。

「雪葉さん、好きです」

「えっ……」

「友達からでいいので、一緒に遊んでくれませんか？　僕の試合用のユニフォーム、選んでもらったりしたいし、休みの日に会いたいです。制服じゃなくて、浴衣でもなくて」

　なんで言う気になったか分からないし、タイミングもおかしいけど。

　でも何だろう、思ったままに想いを伝えられて、とても晴れやかな気分。

　調さんに「行くぞ」と呼ばれたので、答えは聞けなかった。


「ちょうどだな」
　二、三分して、上りの電車が予定通りにホームに停まる。
　プシューとドアが開き、さっきと同じ順で乗り込む。

「おっ、空いてるぞよ！」

「全員一列に座れそうだな。調先輩、端の席どうぞ」

「おお、ありがとな」

楽しそうな三人。僕に続いて、最後に雪葉さんが乗り込む。

「……灰島君、さっきの話」

「え？」

車内の騒ぎ声に混じって、後ろから彼女の声が聞こえた。

多分、他の人には拾えない、小さな小さな声の返事。

耳が良くて、本当に良かった。


眩しい日光が、振動する帰りの電車の窓に手を伸ばす。

六月末だけど、まだ首に汗は滲んでこない、穏やかな天気。

「楽しかったなあ」

思わず独り言が口をついて出た。

昨日の試合のテンションのまま、変に目が冴えている。

横を見ると、四人は一列揃って爆睡中。みんな幸せそうな顔。

雪葉さんが僕の肩を枕にしてることは、一人きりの秘密にしておこう。

あとがき

皆様、こんにちは。『陰キャぼっちは決めつけたい』以来ですね、六畳のえるです。
今回の作品『ゆるふわ先輩は枕で変わる』いかがでしたか？　楽しんで頂けたなら望外の喜びです。

僕の好きなテーマに「全力でバカをやる」というのがあります。普通の人が笑ってしまうようなこと、恥ずかしくて照れてしまうようなことを本気でやる。真面目に「不真面目」をやる。傍から見るとそれがびっくりするくらいの青春に見えて、羨ましくもなる。そしてそれはきっと、たとえ大人ほど自由でなくても、時間とエネルギーに満ち溢れた学生が一番やりやすいんじゃないかと思ってます。

本作はそれを書きたくて、部活ものにしてみました。枕投げという、ただの修学旅行のおまけのようなイベントでも、ちゃんとした競技にして全力でやればアオハルとラブコメをてんこ盛りにできるぞ！　そんな意気込みで思いっきりバトルして恋愛してます。一番全力でバカやってるのは作者です。書いててめっちゃ楽しかったです。

ちなみに、アイディアの元になったのは大学の頃のイベントです。うちの大学は各学年ごとの人数が少ないこともあり、新入生歓迎の一環として一年生全員で旅館に泊まりに行くという半公式のイベントがありました。僕はその運営を担当していて、出歩いている人がいないか、夜に見回りもしていました。まだスマホがなかった時代、トランシーバーで通話しながら回っていましたが、だんだん運営担当同士も誰がどこにいるか分からなくなって、最後の頃はほぼトランシーバーを使ったかくれんぼでした。真っ暗な中で相手を探してみたり、少し息を潜めて隠れてみたり。あの時の「何やってるかよく分からないけど面白い」という思い出を、もっと全力で、もっと真剣に彩ってみました。爽斗と雪葉のこれからを応援してあげてください。

　それでは最後に謝辞を。まずは編集のS様。こんな、どうかしてるアイディアを企画に膨らませていただき、ありがとうございました。おかげさまで今回も最高のアオハルが書けました！　また、装画を担当いただいたイラストレーターの柚沙夏ゆう様。綺麗&可愛い雪葉の表紙はもちろん、五人の試合中の表情が並ぶ「どこの異世界バトルシーンだよ」と言わんばかりのカッコいい口絵がお気に入りです！　素敵なイラストを本当にありがとうございました。宝物です。

　そして相談に乗ってくれる作家仲間の皆さん、友人に家族、いつも支えてくれてありがとうございます。何より、お読みいただいた読者の皆さま。皆さんがいるから、自分が作家でいられます。改めて、関わった全ての方に深く感謝申し上げます。

　それでは、またどこかでお会いできることを願って。学生でも、もちろん大人でも、時には全力でバカやりながら、人生をやっていこうな！

あとがき

最後まで読んでいただきありがとうございます！

『ゆるふわ先輩は枕で変わる』のイラストを担当させていただきました柚沙夏ゆうです。

私は昔から謎部活的なもの、青春が詰まったラブコメ作品が大好きでしたので、
この作品のお話をいただいた時にすごくテンションがあがりました(笑

メインのキャラたちはみんな魅力で溢れていますが、調の在り方が個人的にすごく好きです。

自分の楽しいと思うことにエネルギーを注ぎ込んで生きてる感じがいいなと思いました。

その在り方はいくつ歳を重ねても大事にしたいなと改めて思いました！

…多分私も大概好きに生きている方だとは思いますが(笑

在り方は調ですがヒロインに選ぶならやはり雪葉がいいですね！
昔から王道なヒロインが好きですので！爽斗には頑張ってほしいです！
緋色は幼なじみか娘にいてほしい可愛いさと明るさをそなえてるし、
玲司とは大人になったら酒に酔いながら変態談議できる末永い友人になってほしいですね(笑

イラストを描いていると妄想しがちなのですが、枕投げ部の試合ってゲームになったら
楽しそうじゃありませんか？
色んな旅館のステージを作ってFPSみたいな感じで遊べたら楽しそうだな…って(笑

少しでも枕投げを楽しむ姿、登場人物たちの魅力が伝わっていましたら幸いです！

ファンレター、作品のご感想をお待ちしています

あて先

〒102-0071　東京都千代田区富士見2-13-12
株式会社KADOKAWA　MF文庫J編集部気付
「六畳のえる先生」係　「柚沙夏ゆう先生」係

MF文庫J

ゆるふわ先輩は枕で変わる

2024年 7月 25日　初版発行

著者　六畳のえる

発行者　山下直久

発行　株式会社 KADOKAWA
〒102-8177 東京都千代田区富士見 2-13-3
0570-002-301（ナビダイヤル）

印刷　株式会社広済堂ネクスト

製本　株式会社広済堂ネクスト

Printed in Japan　ISBN 978-4-04-683796-7 C0193

●お問い合わせ
https://www.kadokawa.co.jp/（「お問い合わせ」へお進みください）
※内容によっては、お答えできない場合があります。
※サポートは日本国内のみとさせていただきます。
※Japanese text only

◇◇◇

枕投げ 主要ルール

競技概要

- 本競技は、旅館の中で実施する。開戦は深夜24時とする。
  チーム戦となり、各チームの人数は5人。
- 服装については、浴衣および足袋を原則とする。
  基本的な試合形式は大将戦となり、相手チームの大将を倒したら勝利となる。
- なお、その他の試合形式については以下のようなものが挙げられる。

殲滅戦：相手を全滅させたら勝利。

フラッグ戦：館内に隠された相手の旗を見つけたら勝利。

メディック戦：勝利条件は大将戦と同様だが、大将以外の誰かが「メディック（医療班）」となる。枕が当たったメンバーは、自室に戻るのではなく、その場でうつ伏せになり、メディックを待つ（トランシーバーでの報告を許容する）。メディックがタッチすると試合に復帰することができる。メディックがやられない限り、何度でも復帰することができる。なお、メディックは自身を復帰させることはできない。

戦闘ルール詳細（枕関連）

- 試合開始時には各自が枕を2つずつ持つ。枕を帯で浴衣に結わえて固定すること（帯枕）は許容する。試合中は、自チームまたは敵チームが持っていた枕を自由に使用して良い。
- 枕が当たった場合、アウトと見做し、所有している枕は持ったまま自室に戻る。その後は、勝敗が決するまで試合に参加してはいけない。
  ※トランシーバーでの通話による参加も不可
- 壁に当たり跳ね返った枕（跳枕）も有効となり、当たった場合はアウトとなる。ただし、床に落ちてバウンドしたものは無効となる。
- アウトの判定は部員による自己申告制となる。
  味方に枕が当たった場合、フレンドリーピローと見做され、無効となる。

戦闘ルール詳細（その他）

- スマートフォン等の携帯端末は使用禁止とする。試合中の連絡はトランシーバーで行う。電波が拾いやすくなるよう、トランシーバーの中継器を各チーム2つずつ、任意の場所に設置することができる。なお、敵チームの通話の盗聴は許容する。
- 布団やスリッパなど、旅館のものは基本的に自由に使用して良い。文房具などを使用しての加工も許容させるが、いずれも常識の範囲内での使用が前提となる。
- 対戦中は極力静かに過ごし、人に迷惑をかけない。使ったものは元に戻す。